D1293570

Collection Zoombira

RICHARD PETIT

LA PYRAMIDE DES MAURES

Boomerang
Éditeur jeunesse

Texte et illustrations de Richard Petit

Dépôt légal : Bibliothèque et Archives
nationales du Québec, 3e trimestre 2006

ISBN-10 : 2-89595-176-4
ISBN-13 : 978-2-89595-176-6

Imprimé au Canada

Gouvernement du Québec – Programme de crédit
d'impôt pour l'édition de livres – Gestion SODEC

Boomerang éditeur jeunesse remercie la SODEC
pour l'aide accordée à son programme éditorial.

edition@boomerangjeunesse.com
www.boomerangjeunesse.com

Prologue

Des semaines avaient passé. Lagomias, la contrée natale de Tarass, Kayla et Trixx, n'était plus pour eux qu'un lointain souvenir, un rêve.

Tout à fait en haut des murs du labyrinthe, les nuages traversaient le ciel bleu qui contrastait avec le gris sombre des pierres millénaires. Voilà des jours qu'un oiseau n'avait pas survolé la structure.

Méticuleuse, Kayla dessina le tracé du dédale sur un parchemin. Une seule erreur et ils pouvaient tous les trois errer, perdus pendant plusieurs jours. Tourner en rond et revenir sur leurs pas s'avérait la pire chose qui pouvait arriver dans l'immensité du labyrinthe de Zoombira.

En suivant les instructions de son amie, Trixx dessina, à l'aide d'un petit caillou blanc, une flèche sur le mur.

Il faisait de plus en plus chaud et, au sol, la végétation se faisait rare.

Comme si elle savait parfaitement où elle allait, Kayla roula le parchemin et reprit la route. Incrédule, Tarass la regarda. Comment pouvait-elle s'y retrouver, dans cet inextricable lacis de couloirs que jamais personne n'avait été assez fou pour explorer ? C'était impossible ! Même pour une jeune et talentueuse magicienne.

La gorge sèche, il porta la main à sa ceinture et fit l'inventaire des gourdes d'eau : une pleine et une autre presque vide. Le temps pressait, il fallait vite arriver à un étang ou à un puits… TRÈS VITE !

Il ravala plutôt sa salive et se mit à marcher derrière son ami inséparable, Trixx.

Tarass écarta les bras pour mesurer la distance entre les deux murs. Le bout de ses doigts ne parvenait plus à toucher les pierres. Cela voulait donc dire que les murs étaient en train de s'écarter. La prochaine contrée ne devait plus être qu'à un jour ou deux de marche. Du moins, c'est ce qu'il fallait espérer. Un grand oiseau fit soudain son apparition au-dessus de leur tête… UN VAUTOUR !

JAPONDO

LAGOMIAS

EGYPTIOS

INDIE

JURASSIUM

AZTEKA

DRAKMOR

ROMIA

GRECCIA

LA CONTRÉE
OUBLIÉE

N

O

S

E

Terre morte

Tarass tenait, immobile à la hauteur de sa bouche, la dernière gourde contenant la dernière gorgée d'eau. Kayla et Trixx le regardaient.

— Vas-y ! insista Kayla. Nous avons bu tous les deux et maintenant, c'est à ton tour.

— Tu as les lèvres toutes gercées, lui fit remarquer Trixx. Il faut que tu boives un peu.

Tarass regarda ses deux amis. C'est vrai qu'il méritait de la boire, cette dernière gorgée. Lui qui s'était privé tant de fois depuis leur départ. Pourtant, se rationner dans le labyrinthe était la chose logique à faire; le labyrinthe était inexploré, donc imprévisible.

Tarass baissa les bras et remit le petit

bouchon de liège dans l'ouverture de la gourde.

— Non, il faut conserver le peu d'eau que nous possédons pour les moments où nous en aurons vraiment besoin…

Trixx, qui était assis sur le sol, bondit sur ses jambes.

— Mais qu'est-ce que tu fais ? hurla-t-il à son ami. Sois raisonnable, bois !

Tarass sourit à Trixx.

Kayla s'approcha de Tarass.

— Ouvre tout grand la bouche ! ordonna Kayla, le regard sérieux.

Tarass laissa tomber sa mâchoire. Derrière ses lèvres gonflées par le manque d'eau, Kayla remarqua de larges sillons rouges sur sa langue. La chaleur et la sécheresse commençaient à tracer leur chemin profondément dans le corps de son ami. Si l'estomac était atteint, aucune rivière, aucun fleuve, si long fût-il, ne pourrait alors le sauver d'une mort atroce et certaine.

Kayla, sur le bout des pieds, regarda ensuite Tarass droit dans les yeux.

— TU DOIS BOIRE !

— N'insistez pas ! Je vais bien ! Je peux attendre encore, répondit Tarass.

Il regarda au-dessus d'elle pour sonder le labyrinthe.

— D'ailleurs, je crois que nous ne sommes plus très loin, poursuivit-il. Je ne sais pas si vous l'avez remarqué, mais les murs ont commencé à s'écarter progressivement. C'est le signe que nous approchons de la prochaine contrée…

Kayla posa ses deux talons sur le sol et tira la tête de son ami vers elle.

— Peut-être ! Mais tu as vu le sol ? Il n'est plus brun et vert, il est doré et il n'y pousse plus d'herbes… RIEN ! Seulement du sable. Je crois que nous ne sommes pas au bout de nos peines…

Même à travers ses bottes, la chaleur du sable brûlait les pieds de Tarass. Sa langue le faisait horriblement souffrir. Qu'est-ce qu'une simple petite gorgée d'eau tiède changerait à son malheur ? Il lui fallait toute une rivière d'eau fraîche pour apaiser sa douleur. Tarass savait qu'une si petite gorgée n'aurait comme seul effet que de retarder de quelques heures ce qui semblait inévitable…

Il contourna Kayla et, sans la regarder, continua à marcher.

Découragée, Kayla laissa tomber sa

tête sur sa poitrine. Trixx s'approcha d'elle.

— Quand il s'y met, c'est vraiment une tête de cochon celui-là ! lui murmura-t-il en emboîtant le pas à Tarass.

— J'AI ENTENDU ! cria Tarass sans se retourner.

Trixx feignit d'être étonné. Il se tourna vers son ami.

— Mais, quoi ! J'ai seulement dit que j'avais faim et que je ne refuserais pas une petite brochette de porc…

Sans se retourner, Tarass sourit. Ses lèvres lui faisaient mal. Il toucha sa bouche et regarda sa main; il y avait du sang…

Le soleil, directement braqué sur eux, lançait ses rayons ardents entre les murs devenus chauds. Le passage était orienté selon l'axe nord-sud et ne leur offrait aucune ombre bienfaisante.

Un sablier plus tard, le labyrinthe tourna enfin vers la droite. Tarass s'appuya immédiatement contre le mur à l'ombre. Kayla et Trixx le rejoignirent. Une goutte de sang coula de la lèvre inférieure de Tarass et alla s'écraser sur le sable brûlant. Aussitôt, une petite bosse de sable de la taille d'une pomme apparut à ses pieds. Elle glissa jusqu'à l'endroit où était tombée la goutte de sang. Deux mandibules noires percèrent la surface et se mirent à bouger nerveusement.

— TU SAIGNES ! lâcha Kayla.

Tarass posa son index sur la petite blessure.

— Ce n'est rien ! Juste une petite entaille ! Ce n'est rien ! insista-t-il.

— RIEN ! reprit Kayla. Ce n'est pas rien de saigner de la bouche… Tu ne vas pas me dire que tu t'es coupé en te rasant ?

Le regard de Trixx s'agrandit d'étonnement.

— Tu te rases ? Tu as de la barbe, maintenant ? demanda-t-il à son ami. Moi, je n'ai qu'un seul poil sur le menton; regardez, il est ici…

Trixx chercha sous son menton et tira un long poil.

— J'ai toujours voulu avoir une barbe, poursuivit-il. Une longue barbe dans laquelle je pourrais faire de longues tresses…

Les yeux de Kayla roulèrent dans leurs orbites.

— Ah ! quelle ambition tu as ! Te faire pousser une barbe, bravo !

Trixx ignora Kayla.

— Est-ce que cela fait mal ? inter-rogea-t-il son ami.

— Non, je ne sens rien. Et puis, je crois que je ne saigne plus…

— Non ! le coupa Trixx, se raser ! Est-ce que se raser est douloureux ?

Tarass regarda Trixx sans répondre.

— Comment est-ce possible que la lame tranchante d'un rasoir ne coupe pas la peau du visage ? As-tu déjà pensé à cela ?

Tarass continua de regarder son ami Trixx sans réagir.

— Serait-il possible que notre visage, contrairement à notre corps, soit indestructible ? poursuivit Trixx. Se pourrait-il qu'aucune lame, quelle qu'elle soit, ni même une épée, ne puisse nous blesser au visage ?

Découragée par les propos un peu idiots de Trixx, Kayla quitta l'ombre et reprit la route.

Tarass la regarda passer devant lui…

— Dans tes rêves, peut-être, répondit Tarass à son ami. Mais dans la vraie vie, je ne tenterais pas l'expérience, à ta place.

Trixx leva les sourcils en signe d'incompréhension et se mit à marcher vers Kayla, qui s'était arrêtée à une intersection.

Kayla sortit son parchemin et se mit à y tracer les voies.

— Tu vas faire deux flèches. Une ici, indiqua-t-elle à Trixx en pointant le mur du couloir qui se dirigeait vers l'ouest, et une autre là. C'est par là que nous irons…

Devant eux, les murs du labyrinthe s'écartaient clairement. Comme l'avait prédit Tarass plus tôt, la contrée voisine ne semblait plus très loin maintenant.

Quelques pas derrière, Tarass les observait. Trixx dessinait une flèche sur une pierre, et Kayla étudiait son parchemin. Il profita du moment pour ouvrir sa gourde et verser quelques gouttes de sa précieuse eau sur le sable. Immédiatement, des dizaines de bosses se formèrent sous la surface du sable. Tarass souleva juste à temps son pied lorsque l'une d'elles arriva vers lui. D'autres apparurent et formèrent des sillons sinueux vers le sang dans le sable. Tarass sortit soudainement de l'ombre…

Un gros insecte noir à la carapace brillante jaillit du sol. Tarass sursauta, mais demeura sur place. L'insecte se mit à rouler frénétiquement sur le sable humide. Un autre le rejoignit, puis un deuxième. Il y en avait maintenant des dizaines. Ils se chamaillèrent un peu, puis ils disparurent sous la surface. Autour de Tarass, les tracés formés par les gros insectes se dirigeaient maintenant vers lui. Il recula vers ses amis, qui étaient toujours affairés à répertorier le nouveau dédale du labyrinthe.

Les insectes augmentèrent la cadence et gagnèrent du terrain sur lui. Tarass arriva à la hauteur de ses amis qui, surpris par sa subite apparition, se tournèrent vers le passage. Dans une explosion de sable et de poussière, des centaines d'insectes sortirent du sol.

— NON ! DES SCARABÉES ! hurla Kayla.

— DES QUOI ? demanda Trixx, le visage grimaçant.

— DES SCARABÉES ! répéta Kayla, qui commença à reculer dans le passage. Ces insectes monstrueux, lorsqu'ils sont à la recherche d'eau, se regroupent et se transforment en une meute meurtrière. Ils vont nous pourchasser tant qu'ils n'auront pas apaisé leur soif.

Tarass ouvrit sa gourde et la lança derrière les scarabées. Le contenant en peau d'animal se vida très vite sur le sable.

La meute agitée rebroussa chemin et se dirigea vers la gourde. En quelques instants, les insectes eurent fini de déchiqueter le contenant et repartirent en direction de Tarass, Kayla et Trixx…

— NOUS N'AVONS PLUS UNE SEULE GOUTTE DE LIQUIDE, PLUS UNE SEULE ! cria Trixx. Qu'est-ce qu'ils ont à nous poursuivre de la sorte ? NOUS VOUS AVONS DONNÉ TOUTE L'EAU QU'IL NOUS RESTAIT, TOUTE ! PARTEZ, SALES INSECTES !

Tarass tira Trixx par un bras et poussa Kayla de l'autre. Les trois amis détalèrent à toute vitesse.

— Ce n'est pas seulement de l'eau que veulent les scarabées, expliqua Kayla. Lorsqu'ils se regroupent de la sorte, c'est pour attaquer… ILS VEULENT MAINTENANT NOTRE SANG !

Kayla courait et mémorisait en même temps tous les passages et les embranchements du labyrinthe dans lesquels ils s'enfonçaient. Les longues séances qu'elle avait passées avec le mage Marabus à exercer sa mémoire avaient vraiment porté fruit. Sa capacité de mémoriser tous les sortilèges des mandalas avait donné à Kayla une habileté incroyable et presque sans limites à emmagasiner une quantité phénoménale d'informations. Le mage Marabus, autrefois, avait été tellement impressionné par ce don que possédait Kayla qu'il avait décidé de prendre la jeune magicienne sous son aile.

Mais cette gloire revenait aussi à Marabus, qui avait su reconnaître les qualités de Kayla, même si elles surpassaient, et de beaucoup, les siennes. Transmettre les connaissances aux générations suivantes était crucial pour l'évolution de la magie. Cette magie devait sa force aux siècles d'expérience d'une succession de mages talentueux voués au culte de l'art de la pure magie, la seule assez puissante pour combattre les effets dévastateurs de la sokrilège. Celle-ci, résultat de la combinaison de l'impure magie et de la sorcellerie la plus noire, avait conféré un pouvoir presque absolu à Khonte Khan. Ce guerrier fou et sanguinaire voulait s'approprier tout l'atoll de Zoombira, et la sokrilège était l'arme parfaite pour mener à bien et à terme son sinistre plan.

Dans le labyrinthe, Tarass s'arrêta subitement de courir. Un mur se dressait devant lui et il n'y avait aucune autre voie possible. MALHEUR ! Le passage se terminait par un cul-de-sac…

À quelques mètres derrière lui, Kayla et Trixx s'étonnèrent de voir que Tarass avait cessé de courir, car les scarabées étaient toujours à leur poursuite.

Nerveusement, Tarass toucha partout entre les pierres du mur à la recherche de trous ou, encore mieux, de saillies sur lesquelles il aurait pu s'agripper pour escalader le mur. Mais c'était complètement inutile. Les pierres avaient été taillées, polies et posées parfaitement les unes sur les autres. Ce travail, d'une minutie frôlant la folie, avait justement pour but de protéger les contrées. Si cela n'avait pas été fait, il aurait été trop facile de déjouer le méandre des passages, ce qui aurait, du même coup, rendu totalement inefficace et inutile la présence du labyrinthe.

Kayla et Trixx arrivèrent à côté de lui.

— KAYLA ! Tu nous as conduits dans un cul-de-sac, s'emporta Tarass, en colère.

Kayla haussa les épaules.

— Je ne sais pas quoi te dire, Tarass, fit-elle, frustrée et déçue.

Ils se regardaient tous les deux.

En réalité, Tarass savait que la faute n'incombait à personne en particulier. Il était aussi coupable qu'elle. Aucun des trois n'était responsable de cette triste situation, car aucun d'entre eux, ni aucun Lagomien d'ailleurs, n'avait auparavant mis les pieds aussi profondément dans le labyrinthe. Aucune carte des lieux n'avait jamais été dessinée. Évoluer entre ces hauts murs était donc certainement une entreprise vouée à l'échec…

Trixx observa la meute de scarabées qui, au bout du passage, poursuivaient leur course et s'enfonçaient tout droit dans un autre couloir.

— Je, je crois que nous les avons semés ! informa-t-il ses deux amis, affairés au pied du mur.

Kayla remarqua tout à coup, au pied du mur, quelques signes sculptés à demi cachés. Elle se jeta immédiatement sur le sol et entreprit d'enlever tout le sable.

— MAIS QU'EST-CE QUE TU FAIS ? lui demanda Tarass. Tu veux creuser un passage sous le mur ? C'est insensé ! Nous ne pourrons jamais y arriver avec nos mains…

Kayla poussa un petit tas de sable.

— Non, regarde ! On dirait qu'il y a des dessins, juste là. Je crois qu'il s'agit d'une écriture très ancienne.

Trixx étira le cou.

— Ce n'est pas une écriture ! répondit-il. Il n'y a même pas de lettres. Il y a une chouette là, un œil et le profil d'une dame ici. Je crois que ce sont les dessins d'une personne perdue dans le labyrinthe. Cette personne a dessiné ces images en attendant que sa mort survienne.

— Je ne crois pas, moi ! dit alors Kayla.

Elle ferma sa main, donna quelques coups et réussit à dégager toute une série de dessins et de symboles étranges.

Tarass s'agenouilla près d'elle et se mit à enlever le sable dans les petites cavités taillées, pour étudier les signes.

Kayla se rendit soudainement compte que son cœur battait très fort. C'était toujours la même histoire : son cœur grossissait dans sa poitrine chaque fois que Tarass se tenait près d'elle. Les battements étaient si forts que ses frêles épaules se soulevaient sous ses vêtements. Kayla avait toujours peur que quelqu'un remarque son état. C'était indépendant de sa volonté ! Il était impossible pour elle de rester impassible près de Tarass.

À qui pouvait-elle parler des sentiments qu'elle éprouvait pour lui, puisque le cœur de Tarass appartenait à une autre : la belle Ryanna, qui avait été emportée par les monstres de Khonte Khan. Celle-là même pour qui cette grande croisade contre le mal avait débuté…

— Tu as une idée de la signification de ces signes ? demanda Tarass à Kayla.

Kayla sortit de sa torpeur…

— Logiquement, nous sommes arrivés au bon endroit dans le labyrinthe.

— LE BON ENDROIT ! s'emporta Trixx. Regarde ! Il y a un mur.

Il frappa ensuite sur la pierre avec son poing.

TOC ! TOC !

— Mur ! Pierre ! reprit-il. On ne peut pas passer. Il faut rebrousser chemin.

— Non ! je crois que ces signes, si nous parvenons à les déchiffrer, vont nous aider à poursuivre notre route, affirma Kayla.

— Tu crois vraiment que derrière ce

mur, nous allons trouver l'autre contrée ? la questionna Tarass.

Kayla fit oui de la tête.

Trixx poussa un long soupir d'impatience.

— Non, mais, qu'est-ce que vous pensez ? Ces signes sont probablement les indications d'un autre fou téméraire comme nous. Je parie qu'il est écrit : « Cul-de-sac » ou « Rebroussez chemin pendant qu'il en est encore temps. » Enfin, quelque chose du genre…

— Ce sont des indications écrites dans un langage très ancien, affirma de nouveau Kayla. J'en suis presque certaine.

Tarass regardait Trixx qui semblait toujours aussi sceptique.

— Qu'est-ce que tu crois que les gens vont penser lorsqu'ils emprunteront le labyrinthe dans quelques années et qu'ils apercevront les flèches que tu m'as demandé de dessiner sur les murs ? « OHHH ! voilà les vestiges d'une langue oubliée qu'un grand sage capable de traverser le labyrinthe sans s'y égarer a gravée. » Moi, Trixx Birtoum le grand sage. OUUHHH !

Tarass hocha la tête…

Kayla étudiait les signes, mais ne parvenait pas à comprendre ce qu'ils représentaient.

Tarass pointa une forme particulièrement effacée par le temps.

— Je ne connais pas grand-chose aux langues anciennes, mais ceci ressemble à une porte ouverte…

Kayla remarqua à son tour que, sous le dessin sculpté, se trouvait un orifice peu profond qui avait clairement la forme d'un scarabée.

— JE CROIS AVOIR TROUVÉ ! s'écria-t-elle. Il faut insérer un scarabée dans cette ouverture, et une porte secrète va s'ouvrir. Enfin, je pense…

— UN SCARABÉE ! UN VRAI ! hurla Trixx. Ne comptez pas sur moi pour capturer une de ces bestioles assoiffées de sang.

— Tu crois qu'il va falloir attraper un scarabée ? demanda à son tour Tarass.

— Non ! répondit Kayla, sûre d'elle. D'après la forme de l'ouverture, il s'agit d'une amulette à l'effigie d'un scarabée. Nous allons peut-être la trouver dans le sable… CHERCHONS !

Kayla plongea profondément ses deux

mains dans le sable et se mit à chercher. Dans l'autre coin, Tarass commença aussi à creuser en lançant le sable loin derrière lui. Trixx, qui ne croyait pas du tout à cette théorie du passage secret, attendait, les bras croisés. Il commençait à s'impatienter et arborait une mine boudeuse. Les doigts de Kayla frôlèrent soudain un objet.

— J'ai touché quelque chose…

— J'espère pour toi qu'il ne s'agit pas d'un vrai scarabée, lui lança Trixx.

Tarass s'approcha et plongea ses mains juste à côté de celles de Kayla.

Elle s'arrêta de bouger et extirpa du sol une pierre turquoise à la forme… D'UN SCARABÉE !!!

Tarass sourit, puis aida Kayla à se relever. Toujours immobile, Trixx fixait quelque chose au loin, dans le passage. Il n'avait pas encore remarqué la découverte de Kayla.

— OH ! OH ! lança-t-il tout à coup. Un scarabée…

Tarass se tourna vers lui.

— Oui ! Kayla l'a trouvé.

— Moi aussi, j'en ai dégoté un ! répondit Trixx, à la grande surprise de Tarass et Kayla.

— QUOI ? firent-ils ensemble.

— Là-bas ! montra-t-il avec son doigt.

Il pointait le bout du passage, là où les scarabées avaient, un peu plus tôt, poursuivi leur route.

Le scarabée était là, immobile. Sa carapace noire brillait. Un autre fit son apparition, puis un autre, puis trois autres.

Tarass se tourna vers Kayla.

— VITE ! Pas de temps à perdre ! Tu dois insérer l'amulette dans l'ouverture… TOUT DE SUITE !

Les yeux de Kayla allaient de l'amulette à la cavité dans le mur. Le scarabée de pierre bleu avait vaguement la forme du petit vide. Les siècles d'enfouissement avaient usé la pierre au point d'effacer certains menus détails de la sculpture. L'amulette était la clé de la porte cachée, elle en avait la certitude. Mais cette clé était-elle maintenant trop usée pour l'ouvrir ? Il n'y avait qu'une façon de le savoir…

Elle s'approcha lentement du mur.

Le regard de Trixx fixait la meute de scarabées qui, progressivement, se reformait.

— DÉPÊCHE-TOI, KAYLA ! ILS ARRIVENT ! cria Trixx.

Il reculait, son regard figé sur les gros insectes qui, comme une vague noire, déferlaient maintenant dans le passage. Il y en avait des milliers ! Le sol et même les murs en étaient envahis. Rapidement, le gris des pierres s'assombrit et se transforma en une masse grouillante toute noire.

D'un geste vif, Kayla inséra l'amulette et recula. Aucun son ne se fit entendre. Les scarabées avançaient toujours.

— Le mécanisme d'ouverture doit être bloqué par des grains de sable, songea Tarass.

Le regard terrifié de Trixx était toujours accroché aux scarabées qui avançaient rapidement vers eux. Il attrapa le bras de Kayla.

— TU T'ES TROMPÉE ! hurla-t-il de désespoir. Nous allons tous les trois mourir par ta faute.

— SILENCE ! lui cria Tarass.

Il assena de violents coups de pied dans le mur dans l'espoir de dégager l'ouverture.

— C'EST TA FAUTE, KAYLA ! NOUS ALLONS TOUS LES TROIS CREVER !

Tarass se retourna vers son ami.

— FERME-LA ! lui ordonna-t-il, les yeux campés dans son regard.

Derrière eux, un grondement se fit entendre, et le mur se mit à pivoter de quelques centimètres. Kayla sauta dans l'ouverture, mais elle ne pouvait pas y passer son corps. Tarass frappa une autre fois avec son pied sur le mur, qui finit par s'ouvrir complètement.

Les milliers de scarabées étaient tout près, et le frottement de leurs horribles pattes sur les pierres du labyrinthe résonnait. Kayla disparut dans l'ouverture en entraînant Tarass avec elle. Trixx s'y glissa lui aussi, et la lourde porte de calcaire se referma lentement. Il faisait de plus en plus sombre. Un scarabée était parvenu à s'agripper à la botte de Trixx. Tarass aperçut l'insecte. Avec son bouclier, il le frappa et l'expédia dans l'ouverture de la porte, qui se referma sur lui.

Une contrée inconnue...

Autour de Tarass, Kayla et Trixx, une noirceur complète régnait. Le soleil ne plombait plus, et la température était même agréable. Ils demeuraient là, tous les trois immobiles, le temps de reprendre leur souffle.

— Vous n'avez rien ? leur demanda Tarass.

— Nous l'avons échappé belle, marmonna Trixx. Un peu plus et j'avais raison, nous y passions tous les trois.

— Ouais, c'est ça ! répliqua Kayla. Tu as presque eu raison...

— Quel est le plan maintenant ? demanda Trixx. Et puis, où sommes-nous ? J'ose espérer que nous n'avons pas abouti dans un labyrinthe noir, parce que même ta magie ne nous sortira pas d'ici.

Dans son dos, Kayla sentit soudain quelque chose.

— AÏE ! lequel de vous deux m'a touché une fesse ?

— PAS MOI ! assura Tarass.

— MOI NON PLUS ! s'exclama à son tour Trixx.

— Alors si ce n'est pas l'un de vous, qui…

Kayla laissa sa phrase en suspens…

— Nous ne sommes pas seuls, chuchota Trixx.

— Ne bougez pas ! leur conseilla Tarass. Kayla ! les pierres de lune… VITE !

Ces pierres rares que lui avait données le mage Marabus avaient la propriété d'être lumineuses. Il suffisait de les frapper ensemble pour qu'elles deviennent, pour quelques instants, incandescentes.

Kayla fouilla nerveusement dans son sac, prit les deux pierres et les frappa l'une contre l'autre. Une lueur vive éclaira leur visage. Personne n'osait bouger. Sans tourner la tête, Tarass regarda autour d'eux.

Devant lui, Kayla émit un petit cri et ferma les yeux. Tarass comprit que quelque chose l'avait encore une fois touchée. Il n'avait pas idée de quoi il s'agissait, mais il savait que cette chose se situait derrière elle.

Tarass fit un geste de la main à son ami

Trixx. Ils contournèrent tous les deux Kayla, qui demeurait figée par la peur.

— Est-ce que c'est un de ces foutus scarabées ? demanda-t-elle tout bas.

— Chut ! lui intima Tarass.

Il prit une pierre de lune de la main de Kayla et éclaira derrière elle. Ses yeux s'agrandirent de terreur lorsqu'il aperçut un répugnant serpent qui se tortillait. Trixx sursauta en voyant le reptile. Apeuré, le serpent se dressa soudain et gonfla sa tête. De sa bouche grande ouverte, il pointait ses deux immenses crochets à venin vers Tarass…

— Mais qu'est-ce que c'est que cette horreur ? demanda Trixx en reculant.

— NON ! lui intima Tarass. Personne ne doit bouger.

— Qu'est-ce que c'est, Tarass ? demanda Kayla, paniquée.

— C'est une sorte de serpent avec des grosses joues, lui répondit Trixx.

Tarass remarqua que le serpent paraissait attiré par la pierre lumineuse. Il fit pivoter son bouclier et le plaça entre lui et l'animal. La lumière réfléchie sur le bouclier sembla hypnotiser le serpent, qui se mit à danser devant lui.

Tarass fit un signe de la tête à Trixx.

— Quoi ? voulu comprendre son ami. Qu'est-ce que tu veux que je fasse ?

— Partez tous les deux ! Je crois que je le tiens en respect...

— Partir où ?

— Où tu veux, triple idiot, mais dégagez vite.

Trixx saisit la main de Kayla et la tira lentement vers lui. Le serpent faisait tanguer son corps de gauche à droite devant Tarass qui le fixait. Kayla et Trixx empruntèrent le passage à leur droite. Le bouclier toujours placé devant lui, Tarass reculait dans leur direction. Plus ils s'éloignaient et plus le serpent disparaissait dans la noirceur.

L'étroitesse du passage les forçait à marcher accroupis, la tête baissée entre leurs épaules. Le passage prit soudain une pente ascendante. Il faisait de moins en moins noir, mais de plus en plus chaud. Un point lumineux apparut devant eux.

— Je te parie que c'est le soleil, ça là-bas ! s'exclama Trixx.

Ils marchaient le plus rapidement possible vers cette lumière. Le passage semblait s'étirer à l'infini. Le point lumineux grandissait. L'ouverture du passage s'ouvrit enfin. Le soleil qui brillait les éblouissait et les aveuglait. Devant eux s'étalaient à perte de vue de grandes étendues sablonneuses. Il n'y avait aucune végétation visible, pas la moindre brindille d'herbe. Le soleil trônait dans un magnifique ciel bleu sans nuages.

— Voilà ! constata Tarass, qui les avait rejoints. Tu nous as conduits sains et saufs dans une autre contrée, Kayla, bravo ! Nous nous approchons de plus en plus de Drakmor, la contrée de Khonte Khan.

— Et de Ryanna ! ajouta Kayla avec un brin de jalousie.

Tarass souriait…

Tarass n'avait jamais vu pareil paysage. À la fois merveilleux et hostile.

— Ouais ! renchérit à son tour Trixx. C'est tout un exploit, je dois l'admettre. À te regarder comme ça, on ne dirait pas, mais tu es étonnante, tu sais.

Kayla le dévisagea.

— Euh ! merci, Trixx ! Même si je ne suis pas certaine que tu viennes de me faire un compliment…

Tarass regardait au loin, dans toutes les directions. Il tâta sa ceinture dépourvue de gourde d'eau. S'engager dans un désert pareil sans une seule goutte d'eau relevait de la folie. C'était une partie perdue d'avance. Il fallait à tout prix résoudre ce problème, et vite.

— Quelle est la suite ? demanda naïvement Trixx.

— Il faut trouver de l'eau si nous voulons espérer traverser cette contrée, expliqua Tarass. Sans eau, ce sera impossible.

Il s'essuya le front tout en observant au loin.

— Vous avez une idée, vous ?

Trixx et Kayla fixaient le torse de Tarass. Tarass baissa la tête. La pierre de chimère que Marabus lui avait donnée et qu'il portait sur son armure bougeait. L'objet se manifestait une seconde fois. Tarass se rappela que le grand mage lui avait promis d'intervenir lorsqu'il le pourrait. Ses pouvoirs avaient donc dû atteindre un niveau élevé, pour lui donner la force et la puissance de traverser les distances et de rejoindre son « œil », comme il l'avait appelé.

La pierre cessa soudain de bouger. Elle pointait les dunes, face à la sortie du passage. Tous les trois comprirent que Marabus leur indiquait la voie à prendre. Avec l'aide de certaines cartes très anciennes, Marabus pourrait quelquefois les aider dans leur quête.

Tarass avança le premier dans la direction indiquée par la pierre. Il trouvait cela étrange de marcher sans la présence des deux murs du labyrinthe autour de lui. Monter et descendre les vallons de sable dans lequel ses pieds s'enfonçaient l'épuisait. Le manque d'eau commençait à lui peser.

Loin derrière lui, Kayla marchait dans ses pas. Trixx traînait encore plus loin. Ses deux bras pendaient, lourds, de chaque côté de son corps. Du sommet d'une dune qu'il avait escaladée, Tarass aperçut au loin une autre dune qui lui parut assez curieuse. Géométriquement, contrairement à toutes les autres, elle semblait parfaite et très droite.

Kayla le rejoignit et remarqua la dune, elle aussi. Trixx, voyant que ses amis s'étaient arrêtés, décida de prendre une pause et de s'asseoir dans le sable au pied de la dune.

— Qu'est-ce que c'est, à ton avis ? demanda Kayla.

— Je n'en ai aucune idée… une pyramide, peut-être ? lui répondit Tarass. Une chose est sûre : ce sont des hommes qui l'ont construite. C'est trop parfait. Regarde les angles, tout est droit…

Kayla étudiait l'étrange construction. Avec Marabus, elle avait pu consulter des centaines de livres, de parchemins et d'écrits anciens. Elle n'avait cependant pas souvenir de quoi que ce soit qui aurait pu ressembler à cette singulière construction.

Trixx monta la dune à quatre pattes comme un animal. À la cime, il retrouva sa posture normale et se mit à regarder dans la même direction que ses amis.

— Qu'est-ce que c'est ? demanda-t-il aux deux autres en apercevant la curieuse dune.

— Nous ne le savons pas ! lui répondit Kayla.

— Marabus doit le savoir puisqu'il nous a guidés dans cette direction, déclara-t-il.

— Oui, mais tu vois, lui rappela Tarass, il m'a donné un œil magique et non pas une bouche magique, alors il ne peut pas nous le dire.

Tarass regarda la pierre sur son torse. Elle était complètement immobile maintenant.

Il dévala la pente, suivi de Kayla. Ils marchèrent entre les dunes vers la construction. Plus ils avançaient tous les trois et plus ils découvraient, stupéfaits, l'ampleur et la majesté de la pyramide.

Kayla en oublia sa soif…

— MAGNIFIQUE ! Réalisez-vous que nous nous trouvons sans doute devant la plus haute construction érigée par les hommes ? Elle doit avoir nécessité l'emploi de centaines de milliers de pierres. Il n'y a aucun doute maintenant, un peuple organisé et très évolué habite cette contrée.

Tout près d'elle, Tarass se sentit rétrécir à vue d'œil. Ses pieds s'enfonçaient dans le sable qui, curieusement, tournait sur lui-même. Il essaya de soulever une jambe, mais découvrit avec horreur qu'il s'enfonçait encore plus. Trixx s'approcha de lui pour le saisir, mais son pied cala jusqu'au genou. IL S'ENLISAIT LENTEMENT LUI AUSSI !

Tarass attrapa son ami, l'enlaça et lui ordonna de ne pas bouger un seul muscle, s'il ne voulait pas qu'ils s'enfoncent tous les deux profondément dans le sable jusqu'à disparaître complètement sous la surface…

— Est-ce que je peux parler ?

— Euh oui ! lui répondit Tarass.

— Tu es certain que je peux dire quelque chose ?

— Je crois que oui. Nous avons cessé de nous engloutir.

— Kayla !

— Oui !

— Est-ce que tu peux nous sortir de là, s'il te plaît ?

— Mais Tarass a dit qu'il ne fallait pas bouger, lui rappela-t-elle.

— Pas toi ! lui dit Trixx. Tu n'es pas dans les sables mouvants ! Tu peux bouger ! Fais quelque chose…

— Ne t'approche pas trop près de nous, lui conseilla Tarass.

— Je vais essayer de trouver une branche.

— UNE BRANCHE ! s'impatienta Trixx. As-tu vu un arbre dans le coin dernièrement ? Lance ton sac, et nous l'attraperons. Tu n'auras plus qu'à tirer…

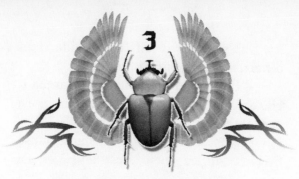

Le mal est partout...

— J'ai du sable plein les poches…

— Cesse de te plaindre ! lui lança Tarass. Tu as la vie sauve. Je crois que c'est plus important.

Devant l'entrée de la grande pyramide, sur un socle de marbre, se dressait la statue monumentale d'un lion à tête humaine coiffé d'une sorte d'étoffe pliée de part et d'autre de la tête. La statue était incrustée de pierres et d'or. Impassible, elle se tenait bien droite et semblait regarder dans une direction. Tarass remarqua que de l'autre côté de l'entrée se trouvait un autre socle. Celui-ci ne portait aucune statue. Cette pyramide paraissait à première vue inachevée, mais lorsqu'il s'approcha et découvrit avec stupeur de grandes traces dans le sable tout autour du socle, son cœur se mit à battre très fort.

Du regard, il fit un rapide tour d'horizon. Kayla arriva près de lui.

— Il manque une statue ! remarqua-t-elle aussi. Ce temple, si c'en est un, n'est pas tout à fait terminé.

— Non, tu te trompes. La statue qui se trouvait sur ce socle s'est levée et est partie.

— QUOI ? Pourquoi dis-tu cela ?

— Parce qu'il y a de grandes traces de pattes partout autour du socle.

— OÙ ? OÙ ?

— Tes pieds sont justement dans une de ces traces…

Les yeux de Kayla s'ouvrirent très grands. Ses deux pieds semblaient minuscules au milieu des quatre gros orteils enfoncés dans le sable.

— Tu crois que les habitants de cette contrée ont des animaux aussi gigantesques ?

— Ce ne sont pas des animaux, que je te dis, lui répéta Tarass. Cette statue de l'autre côté, sur l'autre socle, en est la preuve…

— Tu crois que la magie de Khonte Khan y est pour quelque chose ?

— Je ne crois pas qu'il y ait d'autres

explications possibles, réfléchit Tarass. Nous nous sommes tous trompés : le Grand Conseil, moi, tout le monde. La stratégie de Khan est de conquérir toutes les contrées simultanément; c'est évident, maintenant. Si Khonte Khan avait décidé de conquérir une contrée à la fois, il est clair qu'il y aurait eu une alliance entre les dernières contrées non conquises. Elles se seraient regroupées pour lutter contre lui. C'est un risque que Khan ne voulait pas courir et c'est pour cela qu'il a employé cette tactique. Rappelez-vous, Khonte Khan est un fin stratège, les écrits anciens ont tant de fois vanté ses qualités de guerrier. Il ne faut plus le sous-estimer, il faut le craindre…

— Alors lorsque Lagomias, notre contrée, a été attaquée par surprise par les bêtes volantes, toutes les autres contrées l'ont aussi été, en déduisit Kayla.

— Ce fut la confusion complète sur tout l'atoll de Zoombira. Ce jour-là, lorsque le Grand Conseil a décidé de construire des remparts pour protéger les villes et villages plutôt que de partir vers Drakmor pour se battre contre Khan, ce jour-là, nous avions perdu la guerre…

— Khan a déjà gagné ! Il est déjà maître de tout l'atoll ! répéta Kayla. Tu crois qu'à partir de maintenant, tout ce que nous ferons sera vain ?

— PAS DU TOUT ! C'est un atout pour nous, puisqu'il croit que toutes les contrées ne se mobiliseront pas contre lui.

Tarass sortit de son armure le collier de Ryanna sur lequel étaient accrochés deux sifflets de Rhakasa taillés dans des émeraudes.

— Une alliance se forme bien malgré les plans sordides de Khan, lui montra fièrement Tarass. J'ai maintenant des amis, des amis puissants…

Les premiers morts

— HÉ ! HO ! hurla Trixx au loin. Je vois quelque chose sur la grande dune, là-bas.

Kayla et Tarass accoururent aussitôt.

— Où ? demanda Tarass.

— Je ne vois absolument rien, lui dit Kayla. OÙ ?

— Là-bas ! Vous êtes aveugles ? On dirait qu'il y a des corps partout sur le sable.

Kayla porta sa main à sa bouche. Elle n'avait jamais vu de morts auparavant. Dans la contrée de Lagomias, les personnes qui viennent de mourir sont aussitôt recouvertes de plusieurs couches de tissus somptueux jusqu'à ce qu'il soit impossible de deviner leur silhouette. Il n'en reste qu'un curieux rouleau, tel un grand tapis roulé. Posée à l'intérieur d'une barque dorée remplie de fleurs, la dépouille est laissée à la mer lors d'une cérémonie. La sépulture se retrouve alors perdue à jamais au milieu de cette mer gigantesque qui entoure les continents maintenant regroupés.

Le visage de Kayla était tout blanc. Tarass l'avait remarqué. Il leva la main dans sa direction.

— Kayla ! Tu nous attends ici, tu ne bouges pas, s'il te plaît. Trixx, toi, tu viens avec moi.

Trixx suivit Tarass. Ce dernier marchait d'un pas décidé et se retournait souvent pour regarder Kayla. Elle était maintenant assise sur le sable. Son bouclier placé devant lui, Tarass escalada la dune et parvint le premier au sommet. Le soleil faisait luire le rouge des mares de sang.

Il y avait des cadavres partout. Des corps déchiquetés de soldats jonchaient le sol. Tarass jeta un regard en bas. Kayla était toujours assise. Trixx arriva près de lui. Ses yeux s'agrandirent de terreur.

Autour d'eux régnait un grand silence. On pouvait entendre le bruit du vent et celui du sable qui glissait entre les dunes…

— C'est la première fois que tu vois des morts ?

— Oui ! répondit Trixx d'une voix étouffée.

— Moi aussi… Je n'ai jamais vu autant de sang…

— Qui a pu faire ça ? murmura Trixx, incapable d'avaler le peu de salive qu'il avait dans la bouche.

Quelques scorpions rôdaient autour des cadavres. Le visage des hommes était blanc, et même un peu transparent. Leurs lèvres étaient bleutées, et ils avaient tous de grands cernes autour des yeux…

— C'est incroyable ce que la méchanceté d'un homme peut faire, chuchota Tarass.

— Pourquoi voulais-tu absolument voir cela ? Était-ce vraiment nécessaire ? demanda Trixx, bouleversé.

— Si un jour, au cours de notre périple, tu cherches une motivation, une raison pour poursuivre, pour avancer, tu n'auras qu'à te rappeler cette image… Celui que nous allons combattre fait ce genre de choses…

Tarass remarqua une gourde d'eau sur

le sol, parmi les vêtements déchirés et les lances cassées. En se penchant pour la ramasser, il aperçut derrière eux Kayla qui arrivait. Il se jeta vers elle et plaça sa main devant ses yeux pour l'empêcher de voir.

— NON ! LAISSE-MOI ! le supplia-t-elle.

— NON, KAYLA ! C'est trop terrible.

Tarass se braqua devant elle et la força à se tourner dans l'autre direction.

— LAISSE-MOI ! JE VEUX VOIR !

— Mais pourquoi ?

— Pour m'y habituer, Tarass, lui expliqua-t-elle. Si je veux être capable de vous suivre, il faut que je sois apte à fonctionner, à participer même pendant une bataille, sinon je vous serai complètement inutile…

Kayla avait raison. Comment pouvait-elle alors espérer utiliser sa magie ou guérir les blessures éventuelles de ses amis ? Elle ne serait qu'un fardeau lors de ces moments cruciaux. Elle savait qu'elle s'apprêtait à voir une scène horrible, mais pour le bien de tous, il le fallait.

Tarass la regarda dans les yeux puis baissa la tête. Libérée, Kayla se retourna lentement.

Elle essaya de toutes ses forces de demeurer impassible, mais c'était impossible. Un léger tremblement l'envahit, et une larme solitaire jaillit de son œil droit et glissa sur sa joue.

Tarass fit un signe à son ami. Trixx prit la main de Kayla et l'aida à redescendre.

Tarass planta son bouclier dans le sable, se pencha et ramassa une autre gourde d'eau. Il fit ensuite le tour de tous les corps pour décrocher les petits contenants emplis du précieux liquide.

De l'autre côté de la grande dune, dans un vallon, quelque chose bougeait…

La première créature

Tarass monta lentement au sommet de la dune. Il tenait avec difficulté les nombreuses gourdes qu'il avait recueillies. L'une d'elles tomba par terre. Il ne la ramassa pas et décida plutôt de laisser tomber les autres aussi : il venait d'apercevoir d'autres grandes traces de pattes dans le sable, qu'il suivit.

Plus bas, un corps gigantesque transpercé de plusieurs lances gisait sur le sol. La créature était étendue sur le côté et respirait encore. Trixx descendit la dune et courut vers lui. Tarass l'empêcha de continuer en lui barrant la route avec son bras droit.

— C'est la deuxième statue, dit-il à son ami. ATTENTION ! Elle est encore en vie…

— Voilà la responsable de ce carnage…

Trixx ne pouvait détourner les yeux du dos de la créature. Ils contournèrent tous les deux le corps. Les grands yeux de cette bête au visage humain les regardaient. De longs crocs meurtriers sortaient de sa bouche à demi ouverte. L'extrémité des pattes de la créature était faite en pierre. Graduellement, elle retrouvait son apparence d'origine. La sokrilège, la magie impure de Khan, la quittait peu à peu.

— On l'achève, ce monstre ? demanda Trixx en pensant aux soldats que la bête avait tués. Il ne mérite que cela…

Tarass fixait les yeux de la créature qui lentement se fermaient.

— Non ! c'est inutile. Dans quelques instants, elle redeviendra la statue immobile et inoffensive qu'elle était avant que la sokrilège ne s'en empare.

— Mais si elle revenait à la vie ? Tu y as pensé ?

— C'est l'autre statue, celle qui se tient toujours debout près de la pyramide, qui m'inquiète, lui avoua Tarass.

Au même moment, un cri strident résonna.

Tarass et Trixx gravirent la dune à grandes enjambées. Leurs pieds frappaient violemment le sol et s'y enfonçaient. Un autre cri retentit. C'était Kayla.

Parvenus en haut de la dune, ils aperçurent l'autre statue. Elle aussi était possédée par la magie de Khan. Elle bougeait lentement et quittait son socle. Kayla était coincée dans l'entrée de la pyramide et se cachait derrière une colonne.

Enfin libre, la créature martela le sable et rugit comme un lion affamé. Tarass attrapa son bouclier et dévala la dune en direction de la pyramide. La créature avançait vers Kayla, la gueule grande ouverte. Elle souleva sa lourde patte et tenta en vain de l'attraper. Ses griffes tracèrent de larges et profonds sillons dans la colonne. Des morceaux de calcaire tombèrent sur la tête de Kayla.

De l'autre côté de la colonne, l'horrible visage de la créature apparut. Kayla chuta violemment sur le sol de pierre. Les griffes de la créature arrivaient maintenant vers elle. Tarass bondit et plaça son bouclier entre la créature et son amie. Un violent coup de patte le projeta contre le mur.

Trixx hurlait à pleins poumons…

— HÉ ! HO ! PAR ICI !

La créature se retourna vers lui. Trixx regarda autour, cherchant un endroit pour se mettre à l'abri, mais il n'y avait que des dunes.

La créature délaissa Kayla pour une proie plus facile.

— NOOON ! hurla Tarass.

Il bondit vers le monstre et planta la partie pointue et effilée de son bouclier dans le bout de sa queue. La créature rugit et s'immobilisa, incapable d'avancer. Tarass fut étonné par la puissance de son arme. Trixx courait dans le sable. La créature tenta de l'attraper, mais en fut incapable. Le bouclier magique de Tarass la tenait en laisse comme un vulgaire chien enragé.

Tarass marcha rapidement vers son ami qui reprenait son souffle, les deux mains appuyées sur ses genoux.

— Qu'est-ce qu'on fait maintenant ? demanda-t-il, le regard terrifié, entre deux profondes inspirations.

Tarass surveillait la créature qui rugissait devant eux et qui envoyait du sable partout. Elle tentait de se dégager.

— Je ne sais pas, mais je dois reprendre mon bouclier.

Trixx le dévisagea.

— Comment allons-nous faire ? C'est ton bouclier qui retient la créature !

Kayla observait la scène, toujours cachée derrière la colonne.

— LES SABLES MOUVANTS ! songea Tarass. Il faut l'attirer vers les sables mouvants. De cette façon, nous serons certains qu'elle disparaîtra à tout jamais.

Trixx regarda son ami avec un regard incrédule.

— Tu ne crois tout de même pas traîner ce monstre jusque-là aussi facilement ? Ce n'est pas un simple cabot qu'on emmène faire sa balade quotidienne, tu sais…

— Je m'en charge ! s'exclama Tarass, au grand étonnement de son ami. Toi, à mon signal, tu tireras le bouclier qui le retient. À mon signal seulement, souviens-t'en…

— Ouais, mais s'il se retourne et qu'il charge dans ma direction, qu'est-ce que je fais ?

— Ne t'en fais pas ! le rassura Tarass. Il m'en veut à moi. Regarde-le. Il ne cesse de m'observer avec rage depuis que j'ai planté le bouclier dans sa queue. C'est moi qu'il veut, pas toi…

Trixx contourna la créature qui, comme le lui avait fait remarquer Tarass, n'arrêtait pas de dévisager ce dernier. Il avança vers le bouclier. La créature rugissait devant Tarass. Kayla quitta sa cache et s'approcha de Trixx.

— Qu'est-ce que vous allez faire ?

— Tarass veut entraîner la créature vers les sables mouvants.

Kayla jeta un regard inquiet vers Tarass, qui narguait la créature. Elle rugissait à chaque mouvement qu'il faisait.

Tarass leva enfin son pouce très haut au-dessus de sa tête… C'ÉTAIT LE SIGNAL ! Trixx prit le bouclier et tira. La créature rugit et prit en chasse Tarass, qui courait à toutes jambes.

La bête se rapprochait dangereusement de Tarass. Kayla et Trixx couraient derrière la créature, qui s'écartait de plus en plus d'eux. Devant Tarass, à quelques mètres, un grand tourbillon annonçait la présence de gigantesques et insondables sables mouvants. Tarass accéléra la cadence et sauta par-dessus le tourbillon. Les bouts de ses deux pieds atterrirent de l'autre côté, juste sur le rebord.

La créature, inconsciente du danger, tomba en plein dans le piège. À peine eut-elle posé les pattes sur le tourbillon qu'elle s'enfonça jusqu'au cou. Tarass essayait de retrouver son équilibre. Derrière lui, seule l'horrible tête de la créature, qui lançait des plaintes caverneuses, était visible.

Soudainement, Tarass se rendit compte que ses pieds ne touchaient plus rien de solide… IL S'ENFONÇAIT LUI AUSSI !

Trixx arriva, suivi de Kayla. Le bout du nez du monstre sombrait et disparaissait sous leurs yeux. Les sables mouvants avaient maintenant atteint la taille de Tarass. Il était trop tard pour contourner le tourbillon et lui venir en aide. Il fallait agir vite.

Trixx lança le bouclier qui, comme une lance, alla se planter juste devant son ami. Tarass s'y agrippa. Le bouclier était ancré solidement et le retenait. Kayla arriva et prit la main de Tarass. À son tour, Trixx empoigna son ami par son armure et, à deux, ils réussirent à le sortir du tourbillon de sable…

La pyramide

Debout devant ses amis, Tarass arborait un magnifique sourire blanc au milieu de son visage tout sale.

Mais son sourire disparut bien vite lorsqu'il aperçut, au loin, un immense nuage qui couvrait presque tout l'horizon. Kayla et Trixx se retournèrent. Curieusement, le ciel était d'un bleu magnifique. Il ne s'agissait donc pas d'un simple nuage ou d'un innocent orage.

— Je ne sais pas ce que c'est, mais ça vient vers nous, leur fit remarquer Trixx.

Le vent semblait soulever et transporter les dunes. Autour d'eux, tout devenait de plus en plus sombre.

— Il ne faut pas rester ici, suggéra fortement Kayla. Il faut se mettre à l'abri, et vite…

— OÙ ? lui demanda Trixx.

— À l'entrée de la pyramide, c'est le seul endroit.

Au loin, un mur de sable gigantesque se formait. Ces tonnes de sable soulevées par la puissance des vents menaçaient d'emporter ou d'ensevelir quiconque se retrouvait par malheur sur leur chemin.

Tous les trois foncèrent vers la pyramide. Derrière eux, le mur prenait de l'ampleur. À l'entrée de la pyramide, Tarass constata que cet abri précaire n'allait pas les protéger très longtemps. Le mur de sable avançait dans un grondement à faire trembler de peur les plus braves.

Kayla plaça ses mains sur ses oreilles. Des grains de sable virevoltaient et les aveuglaient. Des vents de plus en plus forts se soulevaient. Dans un geste de désespoir, Tarass planta le bouclier devant lui dans la pierre.

— NOOON ! hurla-t-il à pleins poumons devant la menace.

Comme par magie, un silence surnaturel survint. Tarass regarda, ahuri, son bouclier. Kayla enleva ses mains qui protégeaient ses oreilles, et Trixx ouvrit les yeux.

Devant le bouclier, la tempête faisait

toujours rage, mais tous les trois, derrière le bouclier de Magalu, se retrouvaient à l'abri des intempéries.

— Marabus avait raison, réalisa Tarass. Ce bouclier nous est d'une aide précieuse…

— Qu'est-ce qu'on fait maintenant ? demanda Trixx.

Affaibli par le manque de nourriture et d'eau, il s'appuya sur une colonne.

— Je ne sais pas pour vous, mais moi, j'ai très soif. Je ne sais pas si je vais tenir le coup encore longtemps…

Tarass examina la grande porte de pierre peinte. Il constata qu'elle était ornée des mêmes signes que ceux de la porte de sortie du labyrinthe.

— Tu crois que tu peux ouvrir celle-là aussi ? demanda-t-il à Kayla. Cette tempête risque du durer longtemps, j'en ai bien peur.

Kayla toucha la porte avec ses deux mains et examina les signes. Il y en avait plusieurs, beaucoup plus que sur l'autre. Tarass remarqua, sur une colonne, un petit orifice…
À LA FORME D'UN SCARABÉE !

— REGARDEZ, TOUS LES DEUX ! s'écria-t-il.

Kayla étira le cou. Trixx regarda lui aussi.

Kayla plongea sa main dans son sac pour en ressortir… L'AMULETTE DU SCA-RABÉE !

Bouche bée, Tarass la regardait.

— Tu as réussi à le conserver ? s'étonna Trixx. GÉNIAL !

Kayla inséra l'amulette dans l'orifice. Quelques secondes plus tard, une trappe s'ouvrit sous ses pieds et elle tomba dans le trou.

Tarass et Trixx se jetèrent tous les deux sur l'ouverture. Kayla était assise sur le sol.

— TU N'AS RIEN ? lui demanda Tarass. Tu n'es pas blessée ?

— Non, ça va ! Vous devriez descendre, il y a des flambeaux allumés partout.

Tarass descendit le premier. Au-dessus de lui, il apercevait la tête de Trixx dans l'ouverture.

— ALORS ! QU'EST-CE QUE TU ATTENDS ? UNE INVITATION ?

— ET LE BOUCLIER !

— Personne ne va venir voler le bouclier tant que cette tempête durera. Tu n'as rien à craindre.

Trixx passa la jambe dans l'ouverture.

— Personne ne va venir, personne ne va venir, maugréa-t-il tout bas. Tarass ne comprend pas. Je ne crains pas que quelqu'un vole le bouclier, je veux tout simplement emporter le bouclier dans la pyramide parce qu'il semble y avoir du danger partout dans cette contrée de malheur, voilà, c'est tout…

Il passa l'autre jambe et glissa à l'intérieur.

— QU'EST-CE QUE TU DIS ? lui demanda Tarass, qui l'avait entendu murmurer.

— Oh rien ! répondit Trixx. Je disais tout simplement que j'aime cette jolie contrée, ses paysages, son architecture… Blablabla !

Trixx se laissa tomber sur le sable plus bas. Kayla étendit les bras et tourna sur elle-même.

— C'est magnifique, n'est-ce pas ? lança-t-elle. Cette pyramide est l'œuvre d'artisans talentueux. Regardez ces bas-reliefs colorés et ces fresques splendides. Il y en a partout…

— Il y a des flambeaux aussi ! dit soudain Trixx.

Une odeur de poussière entremêlée de parfums d'épices et d'huile flottait.

— C'est vraiment très beau ! ajouta Tarass. Cet endroit est admirable. Nous sommes tombés sur une civilisation remarquable.

— Oui, mais il y a aussi des flambeaux allumés ! tenta encore une fois de leur faire comprendre Trixx…

— Pour réaliser cette grande pyramide, il aura fallu des décennies et des milliers d'hommes, en déduisit Kayla.

— Cette civilisation, en conclut Tarass, est, je dois l'avouer, beaucoup plus avancée que la nôtre.

— Oui, mais les flambeaux ! répéta Trixx.

— Mais qu'est-ce qu'ils ont, tes satanés flambeaux ? s'impatienta enfin Kayla. Ils sont jolis, dorés et incrustés de pierres turquoise…

— ET ILS SONT ALLUMÉS ! termina Trixx. Ce qui signifie qu'il y a quelqu'un, ou, avec notre grande malchance habituelle, quelque chose, dans cette pyramide.

Tarass regarda au loin dans la galerie. Des dizaines de flambeaux éclairaient la voie. Il avança de quelques pas. Il remarqua d'autres traces, qui n'étaient pas les siennes…

— Bleu a peut-être raison !… avoua-t-il enfin.

Tarass sauta pour attraper le rebord de l'ouverture et se hissa hors de la pyramide. Soudain, le grondement du vent se fit de nouveau entendre, et un gros nuage de sable pénétra dans la pyramide. Au-dessus de leur tête, la trappe se referma violemment.

Au centre du nuage qui se dissipait, Tarass se tenait debout, bouclier en main.

— Mieux vaut l'avoir avec nous !

Trixx était d'accord et le lui démontra par un signe de tête.

Kayla rangea l'amulette dans son sac après avoir aperçu l'orifice qui actionnera l'ouverture de la trappe.

Elle le montra à ses amis.

— LÀ !

Tarass décrocha un flambeau et avança dans la galerie. Le plancher prit soudain une pente descendante difficile à maîtriser puisqu'il était couvert d'une couche de sable qui roulait sur la surface. Tarass devina que le retour serait assez difficile. Il avançait à pas mesurés.

Trixx était derrière lui et se retenait aux formes des bas-reliefs pour ne pas glisser. Des flambeaux brûlaient toujours autour d'eux. Après une longue descente, le sol devint soudain plat, et trois voies s'offraient maintenant aux jeunes aventuriers.

Sans hésiter, Tarass prit celle de droite. Kayla et Trixx le suivirent sans poser de questions ni s'opposer. Il entraîna ses amis jusqu'à une lourde porte en pierre, brisée sur ses gonds. Kayla remarqua qu'elle avait été enfoncée de l'intérieur parce qu'il y avait des débris partout autour d'eux. Le sceau en or avait aussi été brisé. Cette salle était sombre. Tarass y introduisit le flambeau, ensuite la tête.

— Et alors ? demanda Trixx, derrière. Tu vois quelque chose ?

Tarass examina longuement la salle avant de lui répondre.

— Une autre porte a été fracassée ici aussi. Des tas d'amphores et d'objets brillants gisent sur le sol. Je crois en plus qu'il y a de l'eau…

Trixx poussa Tarass dans l'ouverture et passa juste après lui. La pièce était encombrée d'objets fabuleux. Des masques en or, des vases, des statues dorées, un trône en bois recouvert d'or, de la vaisselle, des faïences, des outils, des jeux, des vêtements…

— OÙ ? OÙ EST L'EAU ? chercha Trixx.

Tarass pointa le doigt dans un coin où

étaient entassées une série d'amphores appuyées les unes contre les autres.

Kayla entra, elle aussi.

— Regarde ! lui montra Tarass. Il y a un trône. Tu crois que cette pyramide n'est qu'un vulgaire entrepôt ?

Kayla réfléchit…

— C'est peu probable ! lui répondit-elle après avoir examiné tout ce qui se trouvait dans la pièce. Je crois que cette construction est le tombeau d'un roi…

— LE TOMBEAU D'UN ROI ? répéta Tarass.

— Oui ! et tout ce qui se trouve ici est son trésor.

Dans le coin, Trixx se battait avec une amphore pour essayer de l'ouvrir, espérant y trouver de l'eau.

— Je crois que nous ne devrions pas être dans ce lieu, songea Kayla, qui soudain se sentit très mal à l'aise. Notre présence ici est peut-être un sacrilège pour ce peuple. Il faut sortir d'ici, car je ne veux pas être accusée de pillage ou, pire, d'avoir profané une sépulture…

Trixx finit par ouvrir l'amphore. Il colla un œil au goulot et vit qu'il y avait du liquide à l'intérieur. Il pencha l'amphore pour en verser dans sa main. Le liquide était transparent. Il le sentit…

— Pas d'odeur ! Absolument rien ! dit-il sans regarder les autres.

Il trempa le bout de sa langue dans le liquide au creux de sa main.

— Aucun goût ! C'est de l'eau…

Il souleva l'amphore au-dessus de sa bouche et but une bonne rasade. L'eau coulait sur ses joues.

— DOUCEMENT ! lui conseilla Kayla. C'est très dangereux ce que tu fais. Il faut y aller lentement…

Tarass prit à son tour l'amphore pour boire lui aussi. L'eau brûlait ses lèvres, mais c'était terriblement bon, après tout ce temps. Kayla étancha également sa soif. Trixx ouvrit une autre amphore et se mit à remplir les gourdes vides qu'il portait à sa ceinture.

Tarass zigzagua entre les meubles et les statues jusqu'à l'autre porte, complètement arrachée. Même si cette porte fracassée ne laissait présager rien de bon, la tentation était trop forte. Il pénétra dans l'autre pièce, le flambeau dans une main et son bouclier dans l'autre.

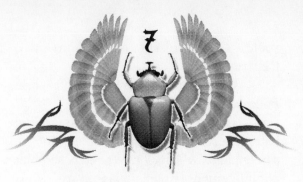

Vive le roi, mort

Kayla suivit Tarass dans l'autre salle. Celle-ci était moins encombrée. Il y avait des signes partout sur les murs et, au centre de la pièce, reposait une grande caisse de bois brisée et vide, posée sur un socle joliment orné.

Kayla étudia attentivement la caisse et remarqua qu'elle contenait d'autres caisses emboîtées les unes dans les autres. Elles protégeaient quelque chose, ou plutôt quelqu'un, car elles avaient toutes une forme qui s'apparentait à celle d'un humain.

— IL Y A DE LA NOURRITURE AUSSI ! cria Trixx depuis l'autre salle.

— Je ne sais pas ce que cette caisse contenait, mais ce n'est plus à l'intérieur, dit Tarass, la tête penchée au-dessus du socle. Que crois-tu qu'il y avait à l'intérieur ?

Kayla examinait la caisse et la porte fracassée…

— Le corps d'un roi ! Ça ne peut être autre chose. Cette caisse est en fait un sarcophage. Je sais que ça peut sembler complètement irréel, mais le roi s'est soudainement réveillé. Il a brisé son sarcophage, a enfoncé les deux portes en pierre et a pris la fuite.

Tarass regarda Kayla, incrédule.

— IL Y A DU PAIN ET UNE SORTE DE PETITS FRUITS VERTS AVEC DES PETITS OSSELETS À L'INTÉRIEUR…

— CE SONT DES RAISINS, ESPÈCE D'IGNORANT ! taquina Kayla.

— Les morts ne peuvent pas se réveiller comme ça, pensa tout haut Tarass. Il y a du Khonte Khan là-dessous, je te parie ce que tu veux…

— Tu as peut-être raison ! acquiesça Kayla. Enfoncer ces lourdes portes nécessite une force surhumaine. Ça expliquerait bien des choses…

— QUI VA LÀ ? hurla tout à coup Trixx, toujours dans l'autre salle.

— À QUI PARLES-TU ? lui demanda Tarass.

Tarass passa le seuil et retourna auprès de son ami. Trixx était immobile et tenait un gros morceau de pain entre ses lèvres. Il le sortit de sa bouche…

— J'ai entendu des pas dans la galerie.

Tarass fonça et aperçut une silhouette qui courait vers l'intersection des galeries. Elle tourna vers la gauche et disparut...

— VENEZ ! NOUS NE SOMMES PAS SEULS DANS CETTE PYRAMIDE !

Tarass détala à toute allure dans la galerie jusqu'à l'intersection. Trixx et Kayla étaient loin derrière. Il emprunta la même galerie et fonça sans s'arrêter. Devant lui, quelqu'un fuyait. Il s'agissait d'une jeune fille vêtue d'une robe blanche et d'une tunique très colorée.

— HÉ ! ARRÊTEZ ! NOUS NE VOUS VOULONS AUCUN MAL !

Dans la galerie, la jeune fille courait toujours. Tarass ne cessa de la pourchasser. Elle se pencha et se faufila dans un petit passage sombre à demi caché.

Tarass arrêta pour crier :

— MON NOM EST TARASS ! TARASS KRIKOM ! JE VEUX JUSTE VOUS PARLER, CROYEZ-MOI…

Deux jolis petits pieds munis de

sandales de cuir apparurent tout à coup devant l'ouverture…

La jeune fille à la délicate silhouette glissa avec élégance son corps dans l'ouverture et vint se placer devant Tarass. La tête penchée, elle tenait ses deux bras devant elle, ses doigts très fins entrelacés.

Son doux parfum envahit tout de suite les narines de Tarass. Elle avait la peau plus foncée que la sienne, et ses cheveux noirs tressés brillaient. Elle leva la tête lentement. Autour de ses yeux, elle avait tracé des lignes noires qui accentuaient sa beauté. Ses paupières étaient vertes et ses joues, rosées…

Kayla et Trixx arrivèrent.

Kayla observait Tarass. Il semblait hypnotisé.

— Vous êtes bien Tarass ? demanda la jeune fille, Tarass Krikom ?

Tarass sortit de sa torpeur…

— Oui… oui, et vous, qui êtes-vous ?

— Je suis Kikia, la servante de notre défunt roi de la contrée d'Égyptios, le pharaon Semethep II. Je suis emprisonnée dans son tombeau afin de le servir dans l'au-delà.

Tarass fronça les sourcils.

— Et vous, poursuivit la jeune

servante, vous êtes sans doute Trixx Birtoum et Kayla Xiim…

Kayla et Trixx se regardèrent, ahuris.

— C'est toi qui lui as dit qui nous étions ? demanda Kayla à Tarass.

— Pas du tout ! s'étonna aussi Tarass. Comment pouvez-vous connaître le nom de mes amis ? Vous êtes aussi cartomancienne ? Devineresse ?

La jeune servante sourit délicatement.

— Venez ! Je vais vous montrer…

Elle les conduisit dans une grande salle couverte de signes.

— Ces quatre murs couverts de hiéroglyphes racontent l'histoire de notre peuple. Les hiéroglyphes sont les dessins que nous utilisons pour écrire. Le passé se trouve sur ce mur, le présent, sur celui-là, et les deux avenirs, sur ces deux autres murs.

— Deux avenirs ? voulut comprendre Kayla. Pourquoi deux avenirs, Kikia ?

— Parce que l'avenir n'est pas encore décidé, lui expliqua Kikia. Regardez ce cartouche…

Dans un symbole de la forme d'une boucle ovale étaient regroupés plusieurs dessins et signes.

— Dans ce cartouche est gravé ton nom : Tarass Krikom…

Tarass caressa avec ses doigts le bas-relief sur le mur.

— Dans celui-là, près des objets magiques, poursuivit Kikia, il y a celui de Kayla…

— Et le mien ? demanda Trixx. Mon nom, il est dans quel cartouche ?

— Il se trouve juste en haut, là.

Trixx était impressionné.

— Vous pouvez voir, dessiné au-dessus de chacun de vos noms, votre portrait. Tarass, comme tu peux le constater, tu portes sur le dessin une armure noire et un bouclier brillant. Je savais donc qui tu étais…

Kayla examina attentivement les deux murs. Kikia s'approcha d'elle.

— Vos cartouches se trouvent sur le mur du *bon avenir*, de la *bonne prophétie*. Vous êtes censés défendre toutes les contrées et combattre le mal en leur nom. Personne ne sait vraiment de quelle époque proviennent ces anciens écrits qui ont été transmis de dynastie en dynastie depuis la nuit des temps. Plusieurs pensaient que ces hiéroglyphes ne racontaient que des légendes, mais c'est tout le contraire, vous en êtes la preuve.

— Et l'autre mur ?

— C'est le mur du *mauvais avenir*, de la *mauvaise prophétie !* Vos noms ne figurent dans aucun cartouche. Il y a cependant un grand cartouche noir sur lequel est gravé *Maître suprême…*

— Khonte Khan ! s'exclama Tarass.

Tarass remarqua sur le mur du *mauvais avenir* des créatures semblables aux statues de lion à tête humaine.

— Et ce cartouche-ci ? Que représente-t-il ?

Kikia s'approcha et posa son doigt sur les hiéroglyphes…

— Il est écrit que le *mauvais avenir* commencera le jour où les statues de sphinx sortiront des ténèbres et prendront vie. La lune suivante, le dernier pharaon de la dernière dynastie sera tué par un autre pharaon. Cette partie du futur qui est décrite par les hiéroglyphes est complètement improbable, car ne peut régner sur la contrée d'Égyptios qu'un seul pharaon. Himotiss I est le seul pharaon d'Égyptios.

Tarass prit la main de Kikia et la traîna vers la galerie.

— Je ne crois pas que votre Himotiss I soit le seul pharaon dans cette contrée présentement. VIENS ! Nous avons quelque chose à te montrer...

La momification

Tarass conduisit d'abord Kikia à l'entrée de la salle du trésor, où ses amis et lui avaient découvert, plus tôt, les objets précieux ayant appartenu au pharaon Semethep II.

Devant la porte brisée, Kikia resta figée et pensive.

— SACRILÈGE ! Des voleurs sans scrupules ont profané le tombeau du pharaon, songea-t-elle d'une voix à demi étouffée.

— Non ! la corrigea Kayla. Ce n'est pas du tout ce qui s'est produit.

Kayla fit signe à Tarass de passer devant et de reconduire Kikia dans la chambre funéraire.

Là, devant le sarcophage réduit en pièces, Kikia fut frappée de stupeur. Elle demeura interdite pendant un long moment.

Tarass se pencha vers elle.

— Est-ce que ça va ?

— Mais que s'est-il passé ? voulut-elle savoir. Le pharaon ? Où est la momie du pharaon ?

— Tout nous laisse croire que le corps du pharaon s'est échappé. Il a tout d'abord réussi à sortir de son sarcophage. Ensuite, nous ne savons pas avec quoi, il a enfoncé les deux portes scellées puis il a quitté la pyramide…

— Nous croyons qu'il n'était pas vraiment mort lorsqu'il a été inhumé.

— MAIS C'EST IMPOSSIBLE !!! s'exclama Kikia, outrée. Lorsqu'un pharaon décède, pour qu'il puisse accéder à la vie éternelle dans l'au-delà, il doit être momifié. Pour commencer, un prêtre extrait le cerveau du crâne à l'aide de crochets qu'il introduit par les narines.

— QUOI ? fit Kayla, complètement dégoûtée.

— Ensuite, par une incision pratiquée sur le corps, on retire tous les viscères. Chacun de ces organes est soigneusement enveloppé dans un tissu de lin et déposé dans un vase canope. Le cœur est, quant à lui, replacé dans le thorax, car il contient les pensées et les sentiments de la personne.

Kayla porta sa main à sa bouche, et Trixx se boucha les oreilles avec le bout de ses doigts.

— Pendant quarante jours, le corps est enduit de natron pour en retirer toute l'eau. Ensuite, lorsque la dépouille est desséchée, un embaumeur la nettoie avec de la pommade, des épices et de la résine de pin. La tête et le corps sont par la suite emplis de lin et de sciure de bois. Sur ses yeux sont posés de petits oignons. Les doigts et les pieds sont protégés par des feuilles d'or. Finalement, on enroule le corps de plusieurs mètres de bandelettes de tissu.

Tarass écoutait attentivement.

— Je ne crois pas qu'après ce traitement, le pharaon puisse se relever et partir de son tombeau, en conclut Kikia.

— Le corps momifié du pharaon est sous l'emprise de la magie de Khan, en déduisit alors Kayla. Comme les deux sphinx de pierre à l'entrée de la pyramide.

— Malgré ce que tu peux en penser, expliqua Tarass à Kikia, la prophétie des deux pharaons se vérifie. La momie de Semethep II va assassiner le pharaon Himotiss I à la prochaine lune.

— Mais… la prochaine pleine lune va se produire demain soir ! s'exclama Kikia.

— Est-ce que le palais du pharaon est loin d'ici ? demanda Trixx.

— Non. À dos de chameau, vous y serez avant la nuit, répondit Kikia. Il faut être complètement fou pour espérer traverser le désert sans l'aide des chameaux. Vous trouverez un marchand qui pourra vous en vendre pas très loin d'ici, dans la direction du palais.

Tarass regarda Kikia qui s'éloignait de lui.

— Mais Kikia ! Qu'est-ce que tu fais ? Tu ne peux pas rester ici toute seule ! Tu dois partir avec nous…

— Je suis vraiment désolée, Tarass, mais j'ai fait acte d'allégeance au pharaon. J'ai envers lui une obligation de fidélité et d'obéissance dans l'au-delà. C'est la voie que mes parents ont choisie pour moi. La noblesse de cette dévotion envers un souverain rejaillit sur toute ma famille.

Kikia avait le dos tourné. Personne ne pouvait voir ses larmes qui coulaient.

— Mais Kikia, ton pharaon n'est plus dans son tombeau ! tenta de lui faire réaliser Kayla. Tu n'as plus personne à servir…

Tarass et Trixx regardaient Kikia sans bouger.

— Si tu veux vraiment servir Semethep, essaya de la raisonner Trixx, tu dois nous aider à arrêter la momie afin qu'elle ne puisse mettre son sinistre plan à exécution. Si tu crois qu'après avoir tué Himotiss, elle profitera d'une longue vie éternelle dans l'au-delà, crois-moi, tu te trompes…

Kikia se retourna vers Trixx.

— Je crois que tu as raison ! Je vais vous aider à vous rendre au palais…

Tarass et Kayla regardèrent leur ami Trixx, tout étonnés.

Trixx leur souriait.

9

Comité d'accueil

Sous la trappe de la sortie, Kayla écoutait.

— Tu crois que c'est terminé ? lui demanda Trixx.

— Je n'entends rien ! Pas de grondement terrible ni de vent fort qui siffle…

— Je n'entends plus rien moi non plus ! dit Tarass, immobile, l'oreille tendue vers la trappe.

— Il y avait une tempête de sable ? voulut savoir Kikia, le visage sérieux. Il faut s'en assurer avant d'ouvrir…

— Une tempête de sable ! reprit Trixx. Voilà comment vous les appelez ?

— Oui. Dans toute la contrée, elles sont les phénomènes les plus craints, les plus dévastateurs. Les vents peuvent soulever des tonnes de sable, souffler les maisons de briques de terre séchée et ensevelir tout un village sous une énorme dune. Il faut être certain que tout est terminé, sinon nous risquons d'être aspirés hors de la pyramide. Le vent pourrait pousser le sable dans nos oreilles, notre bouche, notre nez et emplir complètement notre corps. Ce serait une mort horrible, et les douleurs ressenties seraient atroces…

Trixx retroussa le nez avec dégoût.

— Moi aussi, je suis d'accord ! Je pense qu'il faudrait tout d'abord vérifier ! concéda-t-il. Il faut voter ! Qui vote pour ce plan ?

Il leva la main.

— Pas nécessaire de voter ! lui mentionna Tarass.

Il regardait Kayla qui lançait l'amulette bleue du scarabée dans les airs et la rattrapait… Elle réfléchissait.

— Je crois que j'ai une idée ! s'exclama-t-elle.

Elle fouilla dans son sac pour en sortir un écrin de velours rouge dans lequel se trouvait une grosse craie mauve. Parmi les dons magiques de Kayla, il y avait l'utilisation de dessins appelés *mandalas*. Ces formes géométriques et symboliques aux côtés identiques et équilibrés étaient combinées avec des mots connus seulement des mages. Un don extra-ordinaire qui conférait à Kayla, apprentie mage, un pouvoir de magie…

Elle se mit à dessiner un grand cercle sur le mur. Ensuite, dans le cercle, elle traça une étoile parfaitement symétrique, puis des losanges et des triangles. Chacune des parties de l'image s'emboîtait parfaitement l'une dans l'autre.

Elle se retira, rangea soigneusement la craie dans son écrin, puis dans son sac, et prononça une parole magique :

— KRAKUM-LIOF-MAAR !

Kikia était directement placée sous la trappe. Trixx la prit par les épaules et l'en éloigna. Tarass s'approcha de Kayla, qui avait les yeux fermés.

— C'est un mandala de transparence, lui chuchota-t-elle. Si j'ai bien réussi l'incantation, nous pourrons voir au-delà de la trappe comme si elle était invisible.

Tarass leva les yeux. Au plafond, la trappe de pierre bougeait comme les douces vagues sur une plage et devenait de plus en plus transparente. Le ciel bleu et le soleil commençaient à percer, la tempête de sable était passée…

Kayla ouvrit les yeux et inséra l'amulette dans l'orifice. La trappe s'ouvrit, et une fine pluie de sable tomba lentement sur le sol.

Tarass s'élança et bondit. Ses mains attrapèrent le rebord de l'ouverture. Lorsqu'il tenta de se hisser hors de la pyramide, trois pointes d'épée se braquèrent sous son menton...

— DEHORS, CRIMINELS ! SALES PILLEURS DE TOMBES !

Tarass demeura immobile. Les épées se retirèrent et il escalada l'ouverture. Une troupe d'hommes l'entoura aussitôt. Vêtus d'un pagne, ils le menaçaient avec leurs armes.

Tarass leva les bras en signe de soumission.

Un homme grassouillet se dirigea vers lui. Il tenait en laisse un chien qui aboyait sans arrêt. Il transportait un long bâton doré pourvu d'une main à l'extrémité.

— Oh non ! chuchota Kikia, qui venait d'entendre les aboiements du chien. Le bras de justice. C'est Kizouma.

Kayla et Trixx s'approchèrent d'elle.

— Qui est ce Kizouma ? lui demanda Trixx.

— Il est le premier policier du grand vizir. Porteur du bras de justice, il est chargé d'appliquer les lois et les volontés du pharaon.

Plusieurs longues lances pointues glissèrent soudain dans l'ouverture de la trappe au-dessus des têtes de Kayla et Trixx.

— VOUS DEUX ! SORTEZ ! vociféra une grosse voix.

Kikia recula et s'appuya contre un mur dans l'ombre. Kayla tendit son bras et remit discrètement l'amulette du scarabée à Kikia. Elle attrapa ensuite la main de Tarass qui l'aida à se hisser. Deux hommes robustes attrapèrent Trixx par ses vêtements et le catapultèrent hors de la pyramide. Le nez dans le sable, il leva la tête.

Derrière Tarass et Kayla, le plancher gronda. Tarass tourna la tête et vit une dernière fois les yeux de Kikia qui brillaient dans le noir… Les deux pierres de la trappe se refermèrent sur elle.

Le chien aboyait toujours…

— Tout doux ! Tout doux ! souffla du bout de ses lèvres Kizouma. Ce n'est pas encore le temps de manger les vilains…

Le fonctionnaire du vizir avançait en traînant les pieds dans le sable. Il portait un pagne en tissu brillant et luxueux, et tenait son bras de justice bien haut devant lui.

Ce grossier personnage avait obtenu ce poste important parce que son père, un riche marchand, avait couvert de cadeaux le vizir. Des caravanes d'ivoire, de peaux, de granit et de pierres précieuses avaient été livrées au palais, attirant ainsi les faveurs de l'important et très corrompu administrateur du pharaon.

Kizouma regardait Tarass avec un air de dégoût. Tarass ne pouvait pas bouger. Un soldat le tenait en respect. Il avait placé son épée dans un pli de son armure, prêt à intervenir.

— Tu sais ce qui arrive aux voleurs de ton acabit ? demanda Kizouma à Tarass. Soit leur nez est coupé, soit une main leur est amputée ou soit ils sont jetés en pâture aux crocodiles. Tiens ! Je vais vous laisser choisir. D'ici là, vous terminerez vos jours, le reste de votre misérable vie, condamnés aux travaux forcés…

— Moi, je choisis : « aucune de ces réponses » ! s'exclama Trixx, toujours couché sur le sable. Je peux ?

Kizouma s'esclaffa bruyamment d'une manière moqueuse et irrespectueuse. Il s'approcha de Trixx avec un faux air de supériorité.

— HA ! HA ! HA ! nous avons un grand comédien parmi nous, messieurs, dit-il à ses soldats qui se mirent tous à rire. Toi ! reprit-il en posant son bras de justice sur la tête de Trixx, je te condamne à jouer dans une importante pièce de théâtre avec... AVEC LES GRANDS CROCODILES ROYAUX ! La dernière scène, je dois malheureusement te l'avouer, se termine plutôt mal pour toi...

Kizouma s'approcha ensuite de Tarass, qui le fixait droit dans les yeux.

— Et toi, le jeune homme au regard perçant et déterminé qui ne parle pas, je te sens habité par une force hors du commun. C'est très dommage, car tu aurais pu devenir un grand soldat.

Kizouma posa son bâton sur la tête de Tarass.

— Ta force ne sera pas mise au service de l'armée du pharaon, le condamna-t-il. Tu seras plutôt envoyé comme esclave dans la carrière. Tu tailleras les pierres pour la nouvelle pyramide de Himotiss I.

Kizouma s'approcha de Tarass pour lui murmurer à l'oreille :

— Je ne sais pas si tu es au courant, mais cela prend vingt ans avant d'achever une pyramide. La prochaine fois, tu réfléchiras avant de profaner le tombeau de notre souverain…

Tarass demeura impassible.

— Autre chose…

Les lèvres de Kizouma étaient toujours collées à l'oreille de Tarass.

— Qui est cette jolie princesse qui vous accompagne ?

Tarass tenta de s'interposer, mais la pointe de l'épée du soldat s'enfonça légèrement dans sa peau et le força à demeurer immobile.

Kizouma souriait méchamment…

Il s'approcha lentement de Kayla en regardant vers le ciel. La respiration de Kayla s'accélérait…

— Mon… mon nom est Kayla, Kayla Xiim, bafouilla-t-elle devant Kizouma. Lui, c'est Tarass Krikom, et celui qui est à plat ventre sur le sable, c'est Trixx Birtoum…

Le regard malicieux de Kizouma allait des pieds à la tête de Kayla. Il fit le tour d'elle pour l'examiner.

— Les hiéroglyphes qui ornent les tombeaux de vos défunts pharaons parlent de nous et…

Kizouma posa la main dorée de son bras de justice sur la bouche de Kayla.

— Tut, tut, tut ! nous discuterons de tout cela ce soir, dans mes appartements, au palais…

Kizouma avait maintenant les yeux campés dans ceux de Tarass.

— Ligotez-les bien ! ordonna-t-il à ses soldats. Surtout lui !

Devant la caravane, les mains ligotées à la sangle d'un chameau, Tarass tanguait de gauche à droite et suivait la démarche de l'animal. Malgré le soleil brûlant et assommant, le chameau poursuivait sa route comme si de rien n'était.

Kizouma était juste devant. Une longue pièce de tissu enroulée autour de sa tête, il buvait des petites gorgées d'eau et narguait ensuite Tarass en lui passant la gourde sous le nez.

— TU EN VEUX ?

Tarass détourna son regard.

— NAAAAA ! tu es Tarass, sans doute

un grand guerrier dans ta contrée, mais ici tu n'es qu'un jeune blanc-bec qui s'est bêtement fait prendre à voler.

Tarass le dévisagea.

— JE NE SUIS PAS UN VOLEUR ! se défendit-il, la hargne dans ses yeux.

— Du calme, TARASS LE VOLEUR ! Conserve tes forces pour la carrière de pierres, tu en auras vraiment besoin.

Tarass regarda au loin.

— Espèce d'idiot ! murmura-t-il tout bas.

Kizouma but une autre gorgée.

— HMMM ! tu en veux, Tarass ? NAAAAA !

Sur un autre chameau, pas très loin derrière Tarass, Kayla et Trixx étaient ligotés l'un à l'autre. La tête de Kayla roulait sur son torse, elle semblait s'être évanouie. Le visage de Trixx était d'un blanc laiteux. Il ne se sentait pas très bien. Les chauds rayons du soleil l'affligeaient énormément. Il se sentait comme un œuf dans une poêle sur le dos de l'animal, qui titubait à cause du poids des deux corps.

Des centaines de dunes plus tard, Kizouma donna l'ordre à son plus fiable soldat, Mirkou, de prendre de l'avance pour prévenir le palais de son arrivée.

Le soldat passa près de lui. Tarass remarqua son bouclier attaché sur le côté de son chameau.

Au loin, la tête de plusieurs palmiers perçait l'horizon. Le palais du pharaon n'était qu'à quelques pas. Kayla était revenue à elle. Ses yeux restaient à demi fermés. Elle semblait perdue et tournait la tête dans tous les sens.

— Non, chère Kayla, se dit tout bas Tarass, tu n'as pas rêvé ! C'est la réalité ! Nous sommes bien prisonniers de cet imbécile de policier…

Le somptueux palais entouré de jardins conviviaux contrastait avec le désert aride. Des fontaines d'eau coulaient, et partout, des plantes exotiques poussaient. De hauts palmiers projetaient leur ombre bien-faisante sur le sol…

De magnifiques colonnes entouraient la façade monumentale du palais aux murs richement colorés de dessins fabuleux. Ce très somptueux et grand bâtiment était digne du plus grand des souverains. Il était construit avec des briques de terre séchée, comme toutes les autres demeures du royaume, les pierres étant réservées à l'édification des temples et des pyramides qui devaient résister au temps. Partout dans le palais, des faïences couvraient les planchers.

Le palais avait été bâti près de la plus grande ville du royaume : Thèbes. Le pavillon du pharaon se dressait dans le grand jardin royal. Entre les séries de colonnes se trouvaient la salle d'audience et la salle du trône. De chaque côté, par de petits passages très décorés, le pharaon accédait à ses appartements et à la villa de son épouse et de son enfant.

De la fenêtre d'apparition, le pharaon et la reine pouvaient observer leur peuple. C'est à cette fenêtre que se plaçait le pharaon lorsque lui étaient présentés des ennemis capturés ou des cadeaux des dignitaires de la ville.

Mirkou, envoyé plus tôt par Kizouma, apparut à l'entrée du palais, accompagné d'un grand homme à la silhouette élancée.

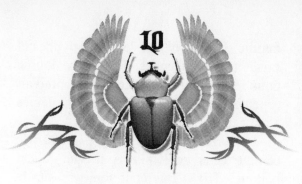

Le grand vizir

L'homme marchait lentement vers la caravane arrêtée. Élégant, la peau très foncée, il portait une robe blanche et une coiffe élaborée digne de son rang. Un esclave le suivait pas à pas avec un grand éventail fait de plumes bleues qu'il agitait près de son visage. Kizouma glissa sur le dos de son chameau et posa les pieds sur le sable.

— Grand vizir ! La colère du dieu Horus se confirme…

Le vizir était l'administrateur le plus élevé de la ville et du palais. Nommé par le pharaon, il était ses yeux et ses oreilles. Il appliquait la volonté du souverain et s'occupait aussi des comptes du trésor royal. Le vizir était le seul à avoir reçu la même éducation que le pharaon et sa famille. Il pouvait lire les hiéroglyphes et savait très bien écrire. Une tâche lourde pour un seul homme, qui pouvait cependant se compter parmi les privilégiés à jouir d'un bureau au palais.

Le vizir avait les yeux maquillés comme ceux de Kikia. À la vue de cet homme, Trixx, qui était toujours sur le chameau, pouffa de rire.

Le vizir ne bougea ni la tête ni les yeux.

— Qui sont ces malotrus ? demanda-t-il à Kizouma d'un air hautain et sur un ton très autoritaire.

Sa voix était basse et ne laissait planer aucun doute sur le haut niveau de son rang.

— De vulgaires et insignifiants pilleurs de tombes, vizir, oubliez-les. Ils ne sont pas la raison de ma visite au palais. Le dieu Horus ne nous protège plus ! Je crains, grand vizir, que d'autres étranges phénomènes se soient encore une fois manifestés. Deux autres statues en pierre ont pris vie près de la pyramide de Semethep II. L'une d'elles a massacré toute une cohorte de nos meilleurs soldats. Il faut réunir tous les prêtres et le pharaon dans la salle d'audience au plus vite.

Devant cette nouvelle pourtant très

grave, le vizir demeura stoïque. Tarass était étonné de sa réaction. Il observait le vizir, qui avait toujours la tête tournée vers Kizouma. Les traits du profil de son visage lui semblaient familiers… N'était-ce qu'une impression ?

Tarass faisait des gestes discrets avec ses yeux et sa tête en direction de Kayla. Il voulait qu'elle regarde le visage du vizir, car elle était mieux placée que lui pour le voir. Mais Kayla ne saisissait pas du tout ce que Tarass essayait de lui faire comprendre…

— FOUTAISE ! cria soudain le vizir. Les dieux nous aiment et ils ne sont pas en colère contre nous…

Kizouma posa sur le sol son bras de justice et se servit de lui comme d'une canne pour avancer vers le vizir.

— MAIS LES STATUES DES TEMPLES ! Comment pouvez-vous expliquer cela ?

— Très facilement, Kizouma !

Le vizir s'approcha de Kayla et lui arracha le sac qu'elle tenait toujours en bandoulière. Il le souleva et en vida le contenu sur le sol. Des craies sortirent de leur écrin et roulèrent sur le sable. Il y avait aussi un petit bouquin et plusieurs feuilles de parchemin vierges.

Le vizir se pencha, prit le bouquin et l'ouvrit devant Kizouma.

— Voyez-vous ces dessins géométriques ? Ce sont des mandalas magiques très dangereux ! Cette jeune fille que vous avez capturée est une sorcière aux pouvoirs puissants, sombres et destructeurs. Ces deux-là sont ses disciples tout dévoués...

Tarass s'étonna de voir que le vizir connaissait le contenu du sac de Kayla. Ses soupçons étaient donc fondés...

La bouche de Kizouma s'ouvrit d'étonnement devant le bouquin.

— Sans vous en douter, vous avez capturé les responsables des malheurs qui s'abattent sur notre contrée. Vous qui croyiez qu'Horus nous avait délaissés ! C'est tout à fait le contraire. Horus a travaillé de concert avec vous depuis le début de votre mission. Vous étiez main dans la main avec lui pour nous débarrasser de ce fléau, de cette menace. Le peuple d'Égyptios, le pharaon et moi-même vous serons éternellement reconnaissants.

Le regard de Kayla, comme un pendule, allait de Tarass au vizir...

Kizouma arborait un air fier.

La chaleur devenait insupportable. Le front du grand vizir perlait et des gouttes de sueur coulaient. Il s'essuya avec le rebord de sa manche et remarqua trop tard qu'il avait aussi enlevé la couche de pâte foncée qui cachait... SA PEAU BLANCHE !

Tarass fut estomaqué, car il avait reconnu l'homme qui se cachait sous ce maquillage.

Le vizir se retourna vers son esclave.

— PLUS VITE AVEC CET ÉVEN-TAIL !

L'esclave redoubla d'ardeur.

— KIZOUMA ! lâcha encore le vizir.

Le policier sursauta.

— Je vais informer personnellement le pharaon de cette capture importante. Ta bravoure sera récompensée, Kizouma.

Kizouma salua le grand vizir en se penchant respectueusement vers lui.

— SOLDATS ! Emportez-les au cachot et ne les laissez pas s'échapper. Et n'oubliez pas : qui perd un prisonnier perd aussi un doigt...

Les soldats entourèrent immédiatement Tarass, Kayla et Trixx.

— Kizouma, viens avec moi ! ordonna

le grand vizir. Je vais demander audience au pharaon…

Kizouma s'approcha du vizir, qui se dirigea vers l'entrée du palais d'un pas lent. Derrière eux, les soldats vociférèrent des ordres à Tarass et à ses amis en les bousculant.

— Aussi, grand vizir, l'informa Kizouma, les captifs m'ont parlé de hiéroglyphes dessinés dans la pyramide de Semethep et qui annonçaient leur venue…

— Cher Kizouma, comme tu peux être naïf quelquefois ! Ce sont des histoires que l'on raconte aux enfants pour les endormir le soir venu. Viens ! Suis-moi.

Kizouma sourit.

Deux soldats jetèrent violemment Tarass sur le sol. Il leva la tête, et la moitié de son visage était couverte de sable.

Un peu plus loin, il aperçut Kayla et Trixx. Ils étaient emmenés dans la ville, poussés par plusieurs soldats.

— Les criminels n'ont pas le droit de parler, sale impudent ! l'invectiva un soldat en brandissant son épée. Tu vas la fermer ?

— Par respect ! Par respect ! Je vous en conjure…, les supplia Tarass. Je veux savoir !

— Celui-là ne se taira pas tant que je ne lui couperai pas la langue…

— Ne parle plus, Tarass, je t'en supplie ! l'implora Kayla.

Hors de lui, le soldat se jeta sur Tarass. Avec ses gros doigts puissants, il le força à ouvrir sa bouche et y introduisit la pointe de l'épée…

— QU'EST-CE QUE TU DISAIS, LÀ ? lui demanda maintenant le soldat. Tu as autre chose à ajouter ?

Tarass avait très mal à la mâchoire et il ne pouvait pas prononcer un seul mot.

Un deuxième soldat, plus indulgent que le premier, s'approcha de lui.

— Enlève ton épée ! dit-il à l'autre.

Le premier s'exécuta lentement.

— Qu'est-ce que tu veux savoir ? Qu'y a-t-il de plus important que le bout de ta langue, jeune écervelé ? RÉPONDS !

Tarass ferma les yeux et la mâchoire avant de répondre au soldat. Il avait mal…

— Par respect ! Je voudrais connaître le nom du grand vizir.

Le soldat sourit et fit signe à l'autre d'aider Tarass à se relever.

— Je vais te le dire ! répondit le soldat.

L'imposteur

Poussé par un soldat, Trixx pénétra tête première dans le cachot, suivi de Kayla et de Tarass. Une lourde porte en bois sans ouverture se referma sur eux.

Kayla se jeta sur Tarass et prit ses deux bras dans ses mains.

— MAIS QU'EST-CE QUI T'A PRIS ?

Kayla fulminait.

— Tu as perdu la raison et tu voulais aussi perdre la langue ? ajouta Trixx, tout aussi énervé.

Trixx lança ensuite des regards affolés sur les murs humides du cachot sombre.

— Du calme ! Il fallait que je sache. J'ai pressenti quelque chose d'étrange chez ce grand vizir, et mon doute était fondé.

Kayla et Trixx voulurent comprendre.

— À quoi fais-tu allusion ? demanda alors Kayla.

Trixx attendait aussi sa réponse.

— Vous n'avez pas remarqué quelque chose de familier chez lui ?

Kayla réfléchissait…

— Non, rien ! répondit Trixx. Mis à part ses paupières et le contour de ses yeux maquillés, comme ceux de Kikia, non, je n'ai rien noté de particulier.

— Lorsqu'il s'est essuyé le front avec le revers de sa robe, il a enlevé son maquillage, et j'ai vu que sa peau n'était pas tout à fait foncée. Elle était pâle comme la nôtre.

— Tu veux dire que cet homme était déguisé ? en conclut Kayla. Pourquoi ?

— Pour cacher son identité, pardi, pour quelle autre raison, crois-tu ? lui lança Trixx. Est-ce que tu sais qui est cet homme ?

Tarass répondit par l'affirmative.

— OUI !

Son visage devint grave. Kayla s'approcha de lui.

— C'est quelqu'un que nous connaissons, n'est-ce pas ?

— Oui ! répondit Tarass une seconde fois.

— Tarass ! lui intima son ami Trixx, qui se cachait sous ce maquillage ?

Kayla était attentive…

— Quelqu'un que nous avons très bien connu à Lagomias : Krall ! Krall le sage…

Kayla et Trixx le regardaient, tous les deux hébétés.

— C'est un garde qui me l'a dit ! Voilà pourquoi j'ai risqué ma langue…

Quelque chose frôla soudain le pied de Kayla.

— AÏE !

Elle sauta pour se cacher derrière Tarass.

— Qu'est-ce que c'était ?

Trixx aperçut un gros rat qui filait par une large fissure en bas d'un mur.

— Ce n'est qu'un rat ! Ne t'en fais pas, il est parti…

— OUF ! j'ai cru qu'il s'agissait d'un autre serpent à grosses joues…

— Krall a réussi à se hisser au niveau du plus grand confident du pharaon. Égyptios tombera sous le joug de Khonte Khan très bientôt. Il faut dénoncer Krall, cet imposteur…

— Comment allons-nous faire pour nous échapper de cet endroit ? Ils t'ont confisqué ton bouclier et toi, Kayla, tu n'as plus tes babioles magiques.

Tarass examina le cachot.

— Je n'ai pas l'impression que nous allons en être capables. Ces murs et cette porte semblent aussi solides que le roc d'une grotte profondément enfouie au centre d'une montagne…

Par une minuscule ouverture en haut de la voûte du cachot, Tarass pouvait apercevoir quelques étoiles. La nuit était tombée, et personne n'était venu porter le moindre morceau de nourriture.

— Tu dois tenter quelque chose, Kayla ! la supplia Trixx, désespéré.

Il était assis au milieu du cachot, les bras autour de ses genoux.

— Nous avons cherché partout, Kayla, continua Tarass, il n'y a pas moyen de s'échapper. Tu es magicienne, apprentie mage, épate-nous avec un sortilège formidable.

Kayla s'impatientait.

— Je n'ai plus mon matériel, vous le savez ! Trouvez-moi quelque chose avec lequel je pourrais dessiner un mandala et je verrai ce que je peux faire.

Trixx sauta sur ses jambes, ce qui surprit Tarass.

— QU'EST-CE QUE TU FAIS ?

Trixx chercha longtemps sur le plancher du cachot, puis s'écria :

— J'AI TROUVÉ !

Il se pencha ensuite pour ramasser quelque chose.

— Je t'ai trouvé une craie de fortune pour dessiner ! s'exclama-t-il, fier de lui.

Il exhibait l'objet devant le visage de Kayla.

— VAS-Y ! Prends-la ! Tu peux le dessiner maintenant, ton mandala.

Kayla examina l'objet brunâtre, tendit le bras pour le prendre, mais s'arrêta soudain…

— POUAH ! QU'EST-CE QUE ÇA SENT MAUVAIS…

— C'est une crotte de rat séchée ! Avec ça, tu vas pouvoir dessiner ce que tu veux.

Le moment n'était pas à la rigolade, mais Tarass ne put s'empêcher de rire.

— HA ! HA ! HA ! HA !

— MAIS TU ES COMPLÈTEMENT FOU ! s'indigna Kayla. Il n'est pas question que je touche ce truc dégoûtant. Je ne peux pas croire que tu tiens entre les doigts un morceau d'excrément de rat. JE NE VEUX PLUS QUE TU ME TOUCHES ! JAMAIS !

Trixx regarda Tarass. Kayla devait se rendre à l'évidence : cette idée, bien que complètement dégoûtante, était la seule solution pour parvenir à s'échapper de ce cachot.

Tarass s'approcha de Kayla.

— Je crois qu'il n'y a aucune autre façon de sortir d'ici, Kayla.

— Tarass ! tonna Kayla, le regard le plus sérieux du monde. Il n'est pas question que je touche à cette chose, tu m'as bien comprise...

Tarass regarda son ami Trixx.

— Tu veux mourir dans la mâchoire d'un crocodile ? tenta de lui faire réaliser Trixx. Alors, tu n'as pas le choix.

Kayla demeura de glace.

— Je sais ! s'exclama Tarass. Tu vas indiquer à Trixx ce qu'il doit dessiner et il s'exécutera. Est-ce que les mandalas magiques fonctionnent lorsque ce n'est pas toi qui traces le dessin ?

Kayla regarda Trixx directement dans les yeux et répondit à Tarass.

— OUI !

Tarass venait de trouver la solution à leur dilemme.

— TOI, TU NE T'APPROCHES PAS TROP PRÈS DE MOI, COMPRIS ?

Trixx hocha la tête.

— Sur le mur là-bas ! indiqua-t-elle à Trixx.

Trixx se plaça juste devant.

— Tu vas commencer par tracer un cercle, pas trop grand. Ensuite, fais une ligne juste au centre…

— D'ici à là ? lui demanda Trixx.

Kayla fit un pas de recul.

— JE T'AI DIT DE NE PAS T'APPROCHER !

Trixx leva les yeux vers la voûte et Tarass leva les bras.

— OUI ! Ensuite, fais trois triangles qui se toucheront au centre du cercle, c'est très important.

Trixx, avec une minutie que ses amis ne lui connaissaient pas, dessina les trois formes.

— Maintenant, suis mon doigt ! Trace une ligne à partir d'ici jusque-là et là. Ramène-la à ce point et boucle le tout au centre du cercle au point de rencontre des trois triangles.

Trixx termina le mandala et s'éloigna du mur pour admirer son chef-d'œuvre.

— C'EST PARFAIT ! constata Kayla. Tu viens de réaliser un mandala d'expansion.

Trixx était fier de son travail.

Kayla prononça quelques mots magiques connus seulement des mages.

— ROM-TA-BHU-K !

Au-dessus de leur tête, la minuscule ouverture à la voûte se mit à s'élargir, et s'élargir, jusqu'à ce qu'elle soit assez grande pour qu'une personne puisse s'y glisser.

Tarass lança un clin d'œil à Kayla et à Trixx.

— Beau travail d'équipe !

— Je n'y suis pour presque rien, dit Trixx. C'est à elle que revient tout le mérite.

Mais lorsqu'il pointa Kayla avec sa craie de fortune, celle-ci quitta sa main et alla toucher les vêtements de Kayla.

Le visage de Kayla devint tout rouge de colère… Elle serra les poings et les ancra sur ses hanches.

— SALOPARD !

Tarass savait que ce n'était pas le moment de s'interposer et il détourna son regard vers l'ouverture.

— La première chose que je ferai lorsque j'aurai retrouvé mon sac, c'est de te faire pousser des pustules sur le visage.

Trixx s'avança lentement vers elle pour ramasser le petit bout de crotte de rat.

— Pourquoi ferais-tu une chose aussi

méchante ? demanda Trixx d'un air piteux. Tu me ferais une chose aussi ignoble juste parce que je t'ai lancé… UNE FIGUE SÉCHÉE !

Kayla le fit répéter.

— QUOI !

— Oui ! une figue séchée. Je t'ai joué un tour. Ce n'était qu'une vieille figue séchée, laissée par l'ancien locataire…

Tarass rit aux éclats.

— HA ! HA ! HA ! HA ! HA !

— SALOPARD !

Hors du cachot, sur le toit de la construction, Tarass observa les alentours. Les maisons et les autres bâtiments de la ville étaient tous de couleur sable et ne possédaient pas plus d'un étage. Au centre de la ville s'érigeait un grand édifice qui, d'après les nombreuses colonnes qui l'entouraient, devait être un temple. Les rues avoisinantes, bordées de palmiers, étaient encore très achalandées. Au loin, derrière le palais du pharaon, on pouvait admirer la lune qui miroitait sur la surface bleue d'un grand fleuve.

— C'est quoi, la suite ? demanda Trixx. Où allons-nous maintenant ?

— Nous avons tant à faire, je ne sais pas par quoi commencer, avoua Tarass, un peu découragé. Analysons la situation. Nous devons tout d'abord retrouver le bouclier ainsi que le sac de Kayla. Sans ces deux objets précieux, nous ne pourrons pas aller bien loin.

— Nous devons aussi prévenir le pharaon que Krall, son vizir, est un dangereux imposteur à la solde de Khonte Khan, ajouta Kayla.

— Et nous devons, en plus, trouver une façon de contrecarrer la momie du pharaon Semethep, qui est sous l'emprise de la sokrilège de Khonte Khan, leur rappela Trixx. Selon la prophétie des hiéroglyphes, elle doit assassiner le pharaon à la prochaine pleine lune, c'est-à-dire demain, dans la nuit.

— Nous devons donc nous rendre très rapidement au palais; voilà notre objectif.

Tarass sauta du toit et attendit les autres. Un chant étrange se fit soudainement entendre. Quelqu'un arrivait.

Tarass fit de grands signes de bras pour stopper ses amis et se précipita derrière un palmier. Deux paysans ivres apparurent. Ils dansaient et chantaient au milieu de la rue, qui était illuminée de quelques lampes. Il demeura caché, le temps que les deux soûlons partent cuver leur bière ailleurs.

La voie étant maintenant libre, Tarass siffla.

Trixx sauta le premier du toit et aida Kayla à descendre. Tous les trois empruntèrent un passage qui débouchait sur une autre rue déserte. Celle-ci était complètement délabrée. Tarass comprit qu'ils étaient tombés sur un des quartiers mal famés de la ville.

— Je ne suis pas très rassuré, Tarass, lui avoua Kayla. Je pense que cette rue est dangereuse ! Tu crois que nous devrions passer par ici ?

— Il n'y a qu'une façon de s'en assurer, lui répondit-il. C'est d'y entrer !

Tarass avançait prudemment en longeant les murs des maisons. Derrière lui, Trixx remarqua tout à coup une ombre étrange projetée par la lune et qui s'étirait sur le pavé. Quelqu'un les suivait. Il tapa sur l'épaule de son ami, qui vit tout de suite une silhouette.

Afin de cerner la personne qui les pourchassait, ils décidèrent d'adopter la même tactique qu'ils employaient au jeu de Graboulie. Il leur fallait prendre en souricière leur poursuivant. L'effet de surprise était crucial à la réussite du plan. Kayla et Trixx, sans se retourner, reprirent la route en direction du palais. La silhouette les suivait toujours. Tarass, quant à lui, s'accroupit et disparut dans une allée.

Dès qu'il atteignit la rue voisine, il courut à toute allure et remonta un pâté de maisons plus haut. Il bifurqua ensuite à gauche et reprit la même rue pour finalement redescendre derrière tout le monde.

Il aperçut alors, à quelques mètres devant lui, l'étrange silhouette qui marchait lentement. Elle n'avait pas remarqué sa présence. La tactique avait donc réussi, leur poursuivant était maintenant pris au piège. Tarass aurait bien souhaité avoir son bouclier avec lui, mais il devait faire sans.

Beaucoup plus bas, Kayla et Trixx empruntèrent une autre rue. La silhouette tourna quelques secondes après eux. Tarass en était maintenant convaincu, ils étaient suivis…

Du plus rapidement qu'il le pouvait, Tarass accourut au coin de la maison. Il étira le cou et remarqua un long morceau de bandelette sur le sol… Au bout de la rue, Kayla et Trixx décidèrent de s'arrêter et se retournèrent vers la silhouette. Un long silence précéda un cri de terreur, celui de Kayla.

— AAAAAAAAAH !

Le visage de Trixx était devenu tout blanc. Kayla essaya de reculer, mais tituba puis finit par tomber à la renverse. Tarass courut dans leur direction, mais la silhouette se retourna vers lui juste comme il arrivait à sa hauteur. Elle avait le visage vert et les yeux exorbités. Son corps squelettique couvert de bandelettes jaunies par des huiles tanguait à gauche et à droite. Il n'y avait aucun doute : cette créature sortie tout droit du pire des cauchemars était le corps momifié de Semethep II.

Tarass s'apprêtait à reculer lorsque la momie se jeta sur lui et agrippa, de sa poigne solide, une mèche de ses cheveux. La douleur était insoutenable. Tarass fut forcé de plier les genoux et de se prosterner devant elle.

Trixx, complètement paniqué, fouilla nerveusement les alentours à la recherche d'un quelconque objet avec lequel il pourrait s'attaquer à la momie. Il ne trouvait rien…

La momie rapprochait son horrible visage de celui de Tarass. Une odeur fétide émanait de sa bouche entrouverte, qui était traversée par des filets de bave. Elle maugréa ensuite quelque chose d'incompréhensible puis relâcha son étreinte… Libéré, Tarass s'effondra.

La momie laissa Tarass et se remit à marcher. Elle contourna Kayla, qui était toujours sur le dos, puis reprit le chemin qui conduisait vers le palais.

Trixx courut vers son ami.

— Tu n'as rien ?

— J'ai juste un peu mal à la tête !

Il l'aida à se relever.

— Elle croyait que j'étais le pharaon…

— Où se dirige-t-elle ? demanda Kayla qui la regardait s'éloigner.

— Au palais, bien entendu.

— Nous devons l'en empêcher ! dit Trixx, sinon ce sera la catastrophe, et toute la contrée sombrera dans le chaos.

— Vous avez vu à quelle vitesse elle se déplace ? leur fit remarquer Tarass. D'ailleurs, elle possède une force surhumaine. Nous ne pouvons rien sans le bouclier…

Tarass se releva et se frotta le cuir chevelu avec le bout de ses doigts.

— Ça va ? Tu peux marcher ? lui demanda Trixx.

— Non, mais ça ira dans quelques instants, j'en suis certain. ALLEZ ! Au palais.

— Prenons une autre rue ! proposa Kayla tout en faisant un signe de la tête en direction de la momie.

Le jour H

Les rayons du soleil teintaient le ciel de rose et de turquoise, lui conférant une couleur magnifique.

—Je n'ai jamais vu un lever du jour pareil, déclara Kayla. C'est splendide…

Comme depuis le début de leur périple, elle s'était réveillée la première pour admirer la beauté de l'aube. Tarass et Trixx étaient encore couchés sur des feuilles de palmier, et ce dernier dormait la bouche ouverte en ronflant.

—Le paysage serait encore plus beau si ce moulin à bruits cessait son vacarme, soupira Tarass, les yeux toujours fermés.

Lorsque les vents du nord se levaient, les bruits du moulin à blé de Moritia se faisaient entendre et étaient similaires aux ronflements de Trixx. C'était pour cette raison qu'il avait été baptisé « le moulin à bruits » par les paysans des alentours.

— Bonjour ! dit Kayla.

Tarass s'assit et regarda son amie.

— Mon père disait que le monde appartient à ceux qui se lèvent tôt, lui dit-elle.

— Je vais réveiller Trixx !

Tarass donna un petit coup sur l'épaule de Trixx.

— Qu-quoi ? Qu'est-ce qui se passe ?

— Lève-toi ! Nous partons.

— Mais il est trop tôt !

Trixx se retourna de l'autre côté et tira une grande feuille sur lui comme s'il s'agissait d'une confortable et douillette couverture.

— Allez, lève-toi ! lui ordonna Tarass. Il faut y aller…

Trixx s'étira.

— Comme c'est reposant, de dormir à la belle étoile. C'est tellement calme…

— Ouais ! comme tu dis.

Tarass grimaçait à Kayla, qui souriait.

Dans les rues, les marchands commençaient à arriver. Ils portaient sur leur dos de grands contenants faits de paille et dans lesquels se trouvaient toutes sortes de denrées.

Trixx flairait plein d'odeurs agréables qui le mirent en appétit.

— Je crois que j'ai faim, confia-t-il à ses

amis. Très faim, même…

— QUOI DE NEUF ! s'exclama Kayla. Tu as toujours faim !

— NON ! ce n'est pas vrai ! C'est absolument faux. Tu racontes des bêtises…

— Futur gros ! lui lança Kayla pour se moquer de lui.

— PFOU ! future grosse toi-même…

Tarass prit la défense de Trixx.

— Il ne mange pas tout le temps ! La nuit, il est trop occupé à ronfler…

Trixx détourna son regard de ses amis.

— Vous êtes deux idiots ! chuchota-t-il. Il faut acheter quelque chose à manger. Nous ne pouvons tout de même pas entamer le jour *K* la panse vide…

Tarass et Kayla ne comprenaient pas ce que signifiait le jour *K*. Ils se regardaient, un peu perdus.

— *K* pour Khan ! leur dit Trixx. Vous n'aviez pas pigé ? En voici la preuve, vous ne pouvez pas fonctionner l'estomac vide. Allons acheter un peu de nourriture à ces marchands.

— Nous n'avons pas d'argent, je ne vois pas comment nous allons pouvoir acheter de la nourriture, constata Tarass.

— Je ne crois pas que ce peuple utilise l'argent, pensa Kayla. Il faut faire du troc.

— FAIRE DU TROC ! répéta Trixx, découragé. Tu ne trouves pas que nous en avons assez sur les bras aujourd'hui ?

— Faire du troc signifie faire un échange. Ici, on ne paye pas avec de l'argent. Il faut donc proposer quelque chose de valeur égale à la marchandise que nous voulons obtenir. Il faudra longuement discuter avec le marchand pour obtenir ce qu'on désire.

Trixx réfléchissait…

— Qu'est-ce que nous avons à échanger ? Moi, je ne possède plus rien, les soldats m'ont tout pris.

Kayla fouillait dans sa manche.

— Moi, j'ai ce petit bracelet fait de pierres polies ! Il n'a pas une très grande valeur, mais peut-être que ça va impressionner le marchand.

Kayla remit le bracelet à Trixx. Ce dernier partit tout de suite en direction d'un marchand qui étalait sa marchandise sur le sol, dans des paniers en papyrus.

Trixx regarda dans les paniers. Il y avait de jeunes pousses de papyrus, des noix, de la viande d'antilope séchée, des pommes de terre, des figues fraîches…

— Des figues fraîches ! remarqua Trixx. Ce sera parfait !

Il montra le bracelet au marchand.

— Ce magnifique bracelet pour combien de ces figues ?

Le marchand regardait avec un air de dégoût le bracelet de Kayla. Il montra seulement deux doigts à Trixx.

Trixx se tourna vers Kayla.

— C'est quoi, ta cochonnerie ? Il ne m'offre que deux maigres figues en échange de ton bracelet.

Kayla s'approcha et reprit son bracelet.

— Il ne faut jamais accepter la première offre. Tu dois marchander avec lui, sinon il va croire que tu essaies de lui refiler une babiole sans valeur.

Et Kayla demanda dix figues en montrant ses deux mains au marchand.

Près d'elle, Trixx s'opposa vivement.

— MAIS TU ES COMPLÈTEMENT FOLLE ! Il ne voudra jamais t'en échanger autant…

— Je le sais bien ! Ne t'en fais pas, nous allons finir par nous entendre avec lui et tu pourras manger.

Le marchand montra une main ouverte à Kayla… CINQ !

— Tu vois ! C'est beaucoup mieux.

Trixx, étonné, observait la scène en silence.

Kayla proposa huit, et le marchand

conclut à sept. Kayla remit le bracelet au marchand, qui plaça ensuite les sept figues fraîches dans une feuille de palmier propre coupée en carré pour les donner à Kayla.

— Tiens, Trixx !

— Tu n'en veux pas ?

— Non ! répondit Kayla, le visage tout crispé. Ces figues me rappellent un très mauvais souvenir.

Plus ils s'approchaient du palais et plus il y avait des gens dans les rues. Est-ce que les alentours du palais étaient toujours bondés de cette façon ? Kayla s'informa auprès d'un paysan venu d'un village voisin. Il lui révéla que le pharaon et sa femme allaient faire, ce matin, une apparition à leur fenêtre pour recevoir les derniers butins saisis par les policiers et les soldats.

— C'EST PARFAIT ! se réjouit Tarass. Il sera plus facile pour nous de passer inaperçus.

Plusieurs soldats maintenaient l'ordre sur la grande place. Sous la fenêtre du palais, des brancards remplis de vases précieux, de coffres à bijoux et d'épées, quelques meubles luxueux et des esclaves attendaient le pharaon.

Bras croisés, Tarass observait la fenêtre.

Trixx errait sur la grande place jusqu'à ce que quelqu'un l'interpelle.

— Jeune homme ! Voulez-vous acheter des armes ? J'ai peut-être ce que vous cherchez. Que désirez-vous ?

L'homme, de courte taille, avait le corps caché par une longue pièce de tissu qui recouvrait aussi son visage et qui ne laissait entrevoir que ses yeux. Ce que Trixx ne savait pas, c'est qu'il était strictement interdit de faire le trafic d'armes. Seuls les soldats mandatés par le pharaon étaient autorisés à porter une épée ou une lance…

— Euh ! ou-oui ! bafouilla Trixx. Oui, vous arrivez à point. Nous avons été dépouillés de tout ce que nous avions. Suivez-moi ! Je vais vous présenter mes amis…

Trixx se faufila à travers la foule et retrouva Tarass et Kayla.

— Tarass ! J'ai avec moi un marchand qui veut nous proposer des armes. Il faut faire du troc avec lui aussi.

Kayla regarda Trixx.

— Je n'ai plus rien, Trixx ! Je t'ai donné la dernière chose que je possédais tout à l'heure pour que tu puisses manger.

Trixx se tourna ensuite vers Tarass.

Il inspira profondément.

— Je suis vraiment désolé ! dit Tarass au vendeur d'armes. Nous avons été dépossédés de tout ce que nous avions. Vos armes nous auraient été d'une grande utilité, mais nous n'avons plus rien à vous offrir en échange.

Le vendeur d'armes s'approcha de Tarass qui continuait de surveiller la fenêtre du palais.

— Oui ! dit le vendeur. Vous possédez quelque chose d'une très grande valeur, Tarass Krikom.

Tarass se tourna vers le vendeur.

— Vous avez le respect de tous les habitants de cette contrée, car vous êtes venu ici avec vos amis pour sauver notre pharaon et tout Égyptios.

Le vendeur déroula le pan de tissu qui cachait son visage.

— KIKIA ! cria Trixx.

À son dos, elle portait le bouclier de Magalu et tenait dans ses mains le sac de Kayla.

Tarass hocha la tête et prit les épaules de Kikia entre ses mains. Un magnifique sourire éclairait son visage.

Trixx avait de la difficulté à contenir sa joie.

— Tu es sortie de la pyramide ? lui

demanda Kayla, folle de joie. Mais comment as-tu fait pour trouver le bouclier de Tarass et mon sac de magie ?

— En fait, la servante qui devait parader devant le pharaon et lui remettre les objets que les soldats vous ont dérobés est tombée malade, et je me suis simplement offerte pour la remplacer. Je n'ai pas un très grand mérite.

— TU RIGOLES ! s'exclama Trixx. Sans ces armes, nous ne pouvions rien. Tu nous as rendu un très grand service…

Le visage de Kikia devint tout à coup très sérieux.

— Il faut partir d'ici ! J'ai de graves nouvelles à vous apprendre.

Kikia les emmena loin de la foule et leur raconta tout.

— ÇA BRASSE AU PALAIS ! leur dit-elle. Il s'y passe des choses étranges. Le grand vizir a accusé Kizouma le policier, ainsi que toute sa cohorte de soldats, de traîtrise et de sorcellerie. Il les a condamnés à avoir la langue coupée, et ils seront déportés dans la mine de pierres la plus éloignée de Thèbes.

Tarass, Kayla et Trixx se regardèrent.

— Le palais est donc quasiment désert, et le pharaon est sans protection depuis cet incident, survenu tard dans la nuit. C'est mon cousin qui travaille aux cuisines du palais qui m'a tout raconté.

— KRALL ! s'exclama Kayla. Cette ignoble crapule veut se débarrasser de tous ceux qui en savent trop.

— Il prépare l'arrivée de la momie de Semethep pour qu'elle puisse accomplir sa destinée, ajouta Trixx.

— Krall, notre grand vizir ? s'étonna Kikia. C'EST IMPOSSIBLE !

— OUI ! il est l'un des exécuteurs de basses œuvres de Khonte Khan, celui qui veut conquérir toutes les contrées de l'atoll de Zoombira, comme il est mentionné dans vos hiéroglyphes, lui répondit Kayla…

— Il faut convaincre le pharaon qu'il court un très grave danger, suggéra Trixx.

— Je doute que vous réussissiez à vous rendre jusqu'à lui, dit Kikia, mais même si vous y parvenez, je ne pense pas qu'il croira votre histoire. Après tout, vous êtes des étrangers et, contrairement à Krall, vous ne faites pas partie de ses hommes de confiance. Ce sera la parole de Krall contre la vôtre, et vous ne faites pas le poids contre lui…

Tarass se mit à réfléchir.

— Il faut donc nous allier avec une

personne en qui le pharaon a confiance, et peut-être réussirons-nous à le convaincre. Et je crois avoir trouvé cette personne, dit-il à ses amis. Seul Kizouma pourra nous aider à parler au pharaon et seuls ses soldats sont assez puissants pour stopper la momie. Nous n'avons pas le choix, nous devons commencer par délivrer Kizouma et sa troupe…

— Sais-tu dans quel endroit ils sont retenus prisonniers ? demanda Kayla.

— Dans l'ancienne bibliothèque qui abritait autrefois les papyrus et l'école. Elle est située près de la ménagerie où vivent des bêtes sauvages : des lions, des tigres et des éléphants…

Le visage de Kayla s'illumina.

— Répète un peu ! supplia-t-elle.

— Oui, des éléphants ! Le pharaon en possède même deux. Le plus gros arbore d'immenses défenses en ivoire…

— L'éléphant est mon animal préféré, révéla-t-elle à ses amis. J'en ai tellement vu dans les livres et dans les vieux manuscrits. Ce sera la première fois que j'en verrai un vrai. ALLONS-Y !

Accroupi, Tarass caressait du bout de ses doigts la pointe de son bouclier, qui était accroché à son dos. Le bouclier placé ainsi agissait comme une carapace; Tarass se sentait plus en sécurité, plus en confiance, même s'il ne connaissait pas toutes les vertus de cet objet magique.

Juste derrière, Trixx, Kayla et Kikia observaient comme lui les gardes attroupés à l'entrée de l'ancienne bibliothèque. Le bâtiment ne comportait qu'une seule porte, et elle était très bien surveillée.

Créer une diversion pour éloigner les gardes ne suffirait peut-être pas. Le temps pressait; il fallait agir vite et il ne fallait surtout pas qu'ils manquent leur coup.

Tarass pensa soudain à la ménagerie. Il regarda Kayla.

— Tu aimes faire de l'équitation ?

Kayla fut un peu étonnée par sa question.

— Oui ! Pourquoi ?

— Le pharaon ne possède pas de chevaux, leur précisa Kikia, il n'a que des chameaux. Il en a toute une horde. Ils sont de l'autre côté de l'enceinte.

— Oui, mais il possède aussi… DEUX ÉLÉPHANTS !

Tarass sourit de façon démoniaque.

Les yeux de Kayla sortirent presque de leur orbite.

— NON ! tu es complètement fou,

s'opposa-t-elle vivement. Pas question ! Et puis, je ne sais pas comment embarquer sur cette bête gigantesque.

Kikia réfléchissait.

— Je n'ai jamais vu le pharaon se promener à dos d'éléphant dans la ville. Je dois t'avouer que je ne sais pas... Mais je crois que ce sont des géants sympathiques.

— Ça ne doit pas être bien plus compliqué que de monter à cheval ! essaya de lui faire comprendre Tarass. Tu es une écuyère hors pair, tu peux le faire ! Et, en plus, tu aimes les éléphants...

— Oui, mais je ne sais pas si c'est réciproque...

— Tu t'élances vers la bibliothèque avec l'éléphant et tu défonces la porte. C'est un plan très simple, et nous sommes certains d'obtenir le résultat escompté.

— Et avez-vous pensé aux autres bêtes sauvages dans la ménagerie ? leur rappela Trixx pour jouer les trouble-fête. Vous savez ce que signifie le mot « sauvage »; ça veut dire griffes, grands crocs et dangereux...

— Les fauves sont bien nourris par les serviteurs, l'informa Kikia.

— Tu veux dire que les serviteurs leur donnent souvent à manger ? demanda Trixx.

— Non ! répondit Kikia, on leur donne

souvent des serviteurs à manger…

Le visage de Trixx se crispa dans une grimace de dégoût.

— C'est une blague ! s'esclaffa Kikia.

— Tu vois ! lui dit Kayla, bien contente qu'il goûte enfin à sa propre médecine. Tu n'es pas le seul à être capable de jouer de sales tours. Tu es vraiment tombé dedans…

— La ménagerie est de l'autre côté de cette haute clôture faite de troncs de palmiers, leur pointa Kikia.

Tarass escalada rapidement la clôture et sauta à l'intérieur de la ménagerie. Il se retrouva soudainement entouré d'arbres exotiques et de variétés de plantes qu'il n'avait jamais vues auparavant. Il porta son bouclier devant lui et attendit les autres.

Lorsqu'ils furent tous réunis, Tarass avança à petits pas entre les feuillages. Il repoussa lentement une branche et aperçut un oiseau magnifique. Les plumes de l'oiseau étaient vertes, et son bec, d'un jaune éclatant. L'oiseau sauta d'une branche à l'autre et disparut derrière un gros palmier.

Tarass reprit son chemin. Les rayons du soleil parvenaient à peine à pénétrer le feuillage des arbres. L'endroit était très humide. Devant lui, à seulement quelques mètres, Tarass aperçut une grosse bête. Il s'arrêta net…

— Silence ! chuchota-t-il derrière lui. Un éléphant, c'est de quelle couleur ?

— Gris ! lui répondit Kayla. La peau d'un éléphant est toute grise…

— Alors, ce n'est pas un éléphant que nous avons devant nous ! constata-t-il avec horreur.

Trixx s'arrêta net de bouger.

— Je vois des lignes noires et orange, leur rapporta Tarass. De quel animal s'agit-il alors ?

— C'est un tigre ! répondit Kikia. Mieux vaut changer de direction.

Tarass recula de deux pas et tourna vers la gauche. Il emprunta un sentier sinueux bordé de gigantesques roches, beaucoup plus hautes que lui. Kayla et Kikia lui emboîtèrent le pas. Trixx les suivait loin derrière.

Au travers des feuilles, juste au-dessus de sa tête, Kayla aperçut un gros serpent gris qui se tortillait de façon dégoûtante.

— Ne bouge pas ! lui conseilla Kikia.

Trixx et Tarass coururent vers Kayla. Kikia les arrêta avec ses bras.

— NON ! il ne faut pas intervenir…

Le corps du reptile se rapprochait dangereusement de Kayla. Elle ferma les yeux en espérant que ce ne soit pas la dernière fois qu'elle voie la lumière du jour. L'étrange tête du serpent descendit jusqu'à la sienne, parcourut ses cheveux et glissa sur sa joue.

— Ça y est ! bredouilla-t-elle. C'est ici que je vais mourir…

Tarass s'étonna de voir que Kikia souriait.

Le serpent colla ses deux grosses lèvres à sa joue et se retira.

— J'AI ÉTÉ MORDUE ! LE GROS SERPENT M'A MORDUE…

Kikia éclata de rire.

— Non ! il t'a embrassée !

Tarass et Trixx ne comprenaient pas du tout ce qui venait de se passer.

— QUOI ?

— L'éléphant t'a embrassée avec sa trompe ! lui dit Kikia, qui riait encore. Toi qui craignais qu'ils ne t'aiment pas, je pense que c'est tout le contraire.

Kayla leva les yeux vers le ciel et aperçut la tête de l'animal. Ses grandes oreilles battaient comme les ailes d'un oiseau. L'éléphant semblait être content. Kayla toucha une de ses défenses.

— Quel animal magnifique ! dit-elle,

émerveillée. Il est encore plus beau que dans les livres.

Les petits yeux de l'éléphant brillaient, et sa trompe se tortillait encore dans les cheveux de Kayla.

Elle souriait à ses amis, qui la regardaient.

Ils se cachèrent sous le ventre du pachyderme et, à l'abri des fauves, avancèrent jusqu'aux portes de la ménagerie. Kayla réussit alors à sortir l'éléphant de l'enceinte. Derrière elle, Tarass et Trixx refermèrent difficilement les grandes portes, et Kikia inséra la grosse branche dans l'ouverture afin de garder le tout bien fermé.

Sur le dos de l'éléphant, Kayla pouvait apercevoir son objectif. Elle réussit facilement à guider l'animal jusqu'à une distance raisonnable de la porte de la bibliothèque.

Une fois arrivés, Tarass, Kikia et Trixx se placèrent derrière l'éléphant et se mirent tous les trois à hurler comme des damnés.

L'éléphant partit en trombe et se rua vers la porte. Kayla tenait la tête de la bête bien droite. Les pattes de l'animal frappèrent lourdement le sol et alertèrent les gardes qui, plutôt que de faire face à l'éléphant, s'enfuirent dans toutes les directions.

La voie était libre jusqu'à la bibliothèque. Dans une petite fenêtre, Kayla aperçut Kizouma qui observait la scène.

— ÉCARTEZ-VOUS ! cria-t-elle à pleins poumons. NOUS ARRIVONS !

La tête de Kizouma disparut de l'ouverture juste au moment où les longues défenses de l'éléphant transperçaient le bois et fracassaient la porte…

Kayla tira légèrement les oreilles de l'éléphant, qui s'arrêta aussitôt. À travers la poussière et les débris de la porte, parmi plusieurs visages stupéfaits, Kayla aperçut celui de Kizouma.

— Bonjour ! leur lança-t-elle.

Aucun d'eux n'osait répondre; ils étaient tous paralysés par cette arrivée impromptue.

Tarass arriva, accompagné des deux autres. Ils regardèrent tous Kayla qui était juchée comme une reine sur un trône…

— DITES ! Est-ce que je peux le garder ?

— Comme c'est étrange ! dit Tarass en s'approchant de Kizouma. Des prisonniers qui viennent délivrer les hommes qui les ont mis en prison. Vous ne trouvez pas que la vie est bizarre, parfois ?

— Je crois qu'il faut partir tout de suite et

profiter de la confusion, suggéra fortement Trixx. Dépêchez-vous !

Dans la bibliothèque, personne ne bougeait.

— Mais qu'est-ce que vous attendez ? les enjoignit Tarass. Les gardes vont bientôt revenir avec du renfort, et nous serons tous pris ici.

Kizouma s'assit lentement sur le plancher. Tarass se pencha vers lui.

— Mais Kizouma, veux-tu te faire couper la langue et finir tes jours dans une carrière à tailler des pierres ?

Kizouma demeura impassible.

— Si c'est la volonté de notre souverain, je vais l'accepter.

— Eh bien ! justement ! tenta de lui faire comprendre Tarass, ce n'est pas ton pharaon qui en a décidé ainsi. C'est Krall, votre supposé grand vizir, qui est le responsable de ce qui vous est arrivé. C'est un traître à la solde de Khonte Khan, celui qui veut conquérir toutes les contrées de l'atoll.

— Krall, un traître ! répéta Kizouma. Je ne crois pas un seul mot de ce que tu dis.

Tarass s'approcha à quelques centimètres du nez de Kizouma.

— AH NON ? s'emporta Tarass. Krall ne

t'a-t-il pas accusé toi-même de traîtrise et de sorcellerie ?

Kizouma demeurait silencieux.

— Dis-moi, Kizouma, es-tu un traître ou un sorcier ?

Le policier bougea la tête en signe de négation.

— Si tu veux vraiment aider ton pharaon, toi et tes soldats devez immédiatement venir avec nous.

Kizouma regarda ses hommes.

— Est-ce que vous pouvez terminer votre conversation un peu plus tard ? leur demanda poliment Trixx. Je crois apercevoir quelqu'un qui vient dans notre direction. Ça bouge beaucoup !

— PAR ICI ! montra Kizouma. Je connais une autre sortie…

La stratégie

Sur le toit du bâtiment principal, Tarass admirait avec Kayla la villa des parents de Kizouma. À l'abri derrière de hauts murs, on y avait aménagé une terrasse qui surplombait de grands jardins et une piscine.

Le père de Kizouma était un homme si riche que sa demeure était tel un petit palais rempli de trésors. De nombreux serviteurs déambulaient pour répondre à leurs moindres besoins et désirs.

Kizouma monta les marches de la villa et arriva auprès de Tarass et Kayla.

— Nous serons en sécurité ici pendant quelque temps, les rassura-t-il. Écoutez, je veux vous remercier pour ce que vous avez fait pour moi. Lorsque je vous ai arrêtés, je n'étais pas au courant de l'histoire annoncée par les anciens hiéroglyphes, mais Kikia m'a tout expliqué; je sais qui vous êtes maintenant.

— Avant de partir pour ce grand périple, nous ne le savions pas plus que toi, Kizouma, lui expliqua Kayla. Nous te pardonnons.

Kizouma sourit timidement.

— Qu'allons-nous faire ? Pourquoi avez-vous besoin de mon aide ?

Tarass regarda Kayla et prit une grande inspiration.

— Khonte Khan a réussi à redonner vie à la momie de Semethep II.

Le regard de Kizouma s'assombrit.

— Ce soir, selon la mauvaise prophétie annoncée par les hiéroglyphes, la momie se rendra au palais pour assassiner Himotiss I, votre dernier pharaon. Si elle réussit, ce sera le chaos dans tout Égyptios. D'effroyables guerres, plus destructrices que toutes celles que vous avez connues, éclateront.

Kizouma avait perdu le goût de parler.

— Tout ce que ton père possède sera détruit par les redoutables hordes d'ograkks, les puissantes armées de Khan.

— Qu'est-ce que je dois faire ?

Tarass prit les mains de Kizouma et le regarda droit dans les yeux.

— Avec tes soldats, il faut investir le

palais et exiger une audience avec le pharaon. C'est la seule façon de lui faire découvrir la vérité. Krall va tout faire pour nous en empêcher. Il y aura sûrement des morts, beaucoup de morts, et peut-être en ferons-nous partie.

— D'accord, je m'en chargerai !

Kizouma tourna la tête vers sa mère qui montait l'escalier.

— Mère !

La mère de Kizouma était une très belle femme et avait conservé, malgré son âge, la jeunesse de ses vingt ans. De légères ridules entouraient ses yeux bleu océan.

Elle souriait à Tarass et s'approcha de son fils pour lui murmurer quelque chose à l'oreille. Kayla ne comprenait pas trop ce qui se passait.

Kizouma s'approcha de Tarass.

Tarass se pencha vers lui.

— Il y a de cela très longtemps, commença Kizouma, dans le village de mes parents, le soir venu, il était coutume de rassembler les enfants pour leur raconter des légendes fantastiques et des histoires incroyables autour du feu. Mon père et ma mère n'étaient que de jeunes enfants lorsqu'ils ont entendu pour la première fois votre légende. Ils seraient très honorés de vous rencontrer.

— NON ! répondit sèchement Tarass.

Étonnée, Kayla le regardait.

— Eh bien ! je crois m'exprimer aussi pour Kayla et Trixx : c'est plutôt nous qui serions très honorés de rencontrer ta famille.

Kizouma sourit à sa mère et lui fit oui de la tête.

Le père de Kizouma monta le grand escalier accompagné de ses trois filles. Un serviteur les suivait muni d'un plateau sur lequel étaient déposés plusieurs verres en porcelaine.

Le père de Kizouma prit la main de Tarass.

— Je suis très honoré de faire votre connaissance, monsieur, le devança Tarass. Merci de nous accueillir dans votre merveilleuse demeure.

Le père de Kizouma souriait à sa femme, qui le lui rendit.

— Je suis Amess et voici ma femme, Imia, et mes trois filles, Issa, Oumia et Kayma.

Kayla salua les trois jeunes filles.

— C'est drôle, nous avons presque le même prénom ! s'étonna Kayla. Et cette robe, elle est tout simplement sublime.

Les trois jeunes filles riaient.

— Si tu veux, lui dit Kayma, nous irons chez le marchand de tissus, il possède les plus belles collections de toute la ville.

— Cela me ferait vraiment plaisir ! répondit Kayla.

Kizouma prit deux verres sur le plateau et en remit un à Tarass. Puis il demanda au serviteur de distribuer les autres.

— Qu'est-ce que c'est ?

— De la bière !

— Il n'a pas le droit de boire de la bière, dit Tarass en pointant son ami Trixx. Il est trop jeune, il n'a pas encore l'âge…

Trixx arrêta la course du verre qui allait vers sa bouche.

— Ici, à Égyptios, tout le monde boit de la bière, lui apprit Kizouma, même les enfants. La bière constitue la base de tous les repas.

— Oui, mais dans ma contrée, il faut avoir l'âge ainsi que l'approbation des parents pour boire de l'alcool, et étant donné que je suis responsable de ce jeune homme…

Tarass bougea son doigt de gauche à droite devant Trixx.

Trixx baissa le bras et remit le verre au serviteur pour qu'il le boive à sa place.

Le serviteur, touché par son geste, le salua.

— Je vous en prie !

Trixx croisa les bras.

— Vous croyez que c'est possible de trouver une limonade bien fraîche ?

L'assaut

D'un pas décidé, Tarass alla vers l'entrée du palais, accompagné par ses fidèles amis Trixx, Kayla, Kikia et Kizouma ainsi que par dix-sept de ses meilleurs soldats.

Leur plan était de foncer rapidement vers le palais sans se cacher et ainsi de provoquer un effet de surprise totale. Il restait à espérer que Krall n'ait pas prévu le coup.

L'entrée du palais était déserte. Tarass soupçonna une embuscade.

— Je dois me fier à mon instinct. Il m'a si bien servi par le passé…

Il fit un signe à Kayla, qui s'avança en direction du palais.

— Tu ne vas pas te servir d'elle comme d'un vulgaire appât ? lui demanda Kizouma, répugné.

— Ne t'inquiète pas ! Tu vas voir…

Kayla avança en rampant sur le sable. À seulement un mètre de l'entrée, elle se mit à gribouiller un mandala puis se retira.

Revenue près de Tarass, elle prononça une parole magique.

— SERBIA-GRAAM !

Partout autour d'eux, des fils traversant la cour de long en large et de haut en bas devinrent visibles.

Kizouma était bouche bée.

— Qu'est-ce que c'est, d'après toi ? demanda Trixx. Une grosse toile d'araignée ?

— Ça ressemble à ça, effectivement ! lui répondit Tarass. Et nous sommes les proies; c'est un piège ! Si quelqu'un touche à un fil, c'est la catastrophe…

Kayla sortit un parchemin et se mit à dessiner un autre mandala. Une fois qu'elle l'eut terminé, elle le chiffonna en boule, le lança près de l'entrée, puis prononça une autre parole magique.

— GRIMM-DRASS-TO !

Kayla ferma les yeux…

— JE PEUX VOIR ! leur dit-elle, les yeux complètement fermés. Autour de l'entrée, derrière des bosquets de plantes, il y a des cages dans lesquelles sont enfermés les grands crocodiles royaux. Le fil est relié à toutes les portes des cages. Un faux pas et toutes les cages s'ouvrent…

— Mais je ne vois rien, moi ! se plaignit Trixx. Absolument rien…

— C'est normal ! Il n'y a que Kayla qui peut les voir.

Tarass se leva, donna ses indications à tout le monde puis partit le premier. Le premier fil, à deux mètres du sol, était facile à franchir. Il suffisait de se pencher un peu pour le passer.

Tarass conseilla à un soldat particulièrement grand d'y aller avec précaution. Le deuxième fil, par contre, croisait le troisième. Tarass enjamba les deux en faisant le grand écart. Le quatrième partait d'en haut et allait vers le bas. Il fallait, pour passer, lui porter une attention bien spéciale, surtout pour les trois soldats qui portaient une longue lance.

Le dernier soldat toucha le fil avec son pied et le fit vibrer comme la corde d'un instrument de musique.

Tarass regarda de chaque côté avec son bouclier dans la main gauche. Pas de mouvement, donc pas de mal…

Il ne restait qu'un fil à franchir et ils auraient parcouru la moitié de la cour. Le reste du parcours semblait beaucoup plus facile. La partie était presque gagnée…

Tarass pouvait maintenant voir les cages. Les crocodiles demeuraient immobiles et avaient tous les yeux grands ouverts. On aurait dit qu'ils étaient de connivence avec Krall.

Même s'ils avaient les mâchoires fermées, Tarass pouvait apercevoir leurs crocs meurtriers qui pointaient vers le ciel et qui sortaient de leur gigantesque gueule.

Lorsque le dernier soldat rejoignit le groupe, un bruit retentit du toit du palais, suivi d'un rire diabolique…

— HAAR ! HAAR ! HAAR !

Un gros panier en papyrus rempli de poissons morts décapités tomba au ralenti du toit. Tarass suivit sa trajectoire avant qu'il percute le sol en répandant son chargement…

Puis, le bruit effrayant de l'ouverture des portes des cages se fit entendre. Les crocodiles étaient libres.

— TOUT LE MONDE DANS LE PALAIS ! hurla Tarass du plus fort qu'il le pouvait.

Un gros crocodile affamé s'amenait vers lui en se dandinant sur le sol…

— VIENS ME VOIR ! cria Tarass au

gros reptile. J'AI QUELQUE CHOSE POUR TOI !

Le crocodile ouvrit son énorme mâchoire et fonça sur lui. Tarass ne recula pas. Il souleva son bouclier au-dessus de sa tête et le frappa sur le bout du nez. La bouche du crocodile se referma immédiatement, et le reptile tomba inerte sur le plancher.

Tarass s'approcha de lui.

— TU FERAS LE MESSAGE AUX AUTRES ! lui lança-t-il, fou de rage.

Sur la terrasse, Kayla entraîna Kikia vers l'entrée. Trois crocodiles les pourchassaient. Tarass bondit devant eux, mais ne réussit pas à atteindre une bête avec son bouclier. Un crocodile parvint à happer la robe de Kikia.

Tarass frappa violemment le sol de pierre devant lui avec le côté effilé du bouclier en criant :

— NOOOOOON !

En s'enfonçant dans la pierre, le bouclier créa une longue brèche qui s'étendit dans le sol jusqu'au crocodile et qui, comme par magie, le trancha en deux.

Kikia, enfin libre, courut avec Kayla en direction de l'entrée du palais pour s'y réfugier.

À l'entrée, deux crocodiles faisaient

claquer leur mâchoire devant un soldat qui tentait de se défendre avec une petite épée. Un troisième crocodile se faufila derrière lui et lui mordit la jambe. Tarass se précipita sur l'animal et lui coupa la queue avec son bouclier. Le crocodile lâcha sa proie et partit en laissant une traînée de sang sur le sable chaud.

Tarass aperçut Kizouma qui se cachait derrière une grosse colonne à l'extrémité de la terrasse. Un crocodile le pourchassait et un second se tenait immobile devant lui pour lui barrer l'accès à l'entrée du palais.

Tarass contourna ce dernier et parvint à se rendre à côté de Kizouma, qui était à bout de souffle. Mais déjà, trois autres crocodiles s'étaient joints à eux. Tarass força Kizouma à s'étendre sur le sol. Derrière la colonne, il se mit à tourner sur lui-même puis, d'un seul coup de bouclier, il sectionna en deux la colonne, qui s'écroula sur les crocodiles. Kizouma alla rejoindre Kayla et Kikia.

Il ne restait que Trixx. Où était-il ?

Il était dans la fontaine avec quatre soldats, dans l'eau jusqu'à la taille. Plusieurs crocodiles tournaient autour d'eux. Groupés, ils étaient en mesure de les garder à bonne distance, mais ils savaient qu'ils ne pourraient pas tenir ainsi très longtemps; d'autres crocodiles finiraient bien par les rejoindre !

Ignorant la gravité de la situation, Tarass courut vers eux pour les aider. Tous les crocodiles se concentrèrent vers la fontaine. Il y en avait maintenant des dizaines; ils étaient partout.

Tarass lança son bouclier et parvint à renverser un flambeau sur le sol. L'huile enflammée courut entre les dalles du plancher et érigea des barrières de feu. Trixx sauta hors de la fontaine et suivit le tracé des flammes qui conduisait comme par miracle jusqu'à l'entrée du palais. Tous les soldats lui emboîtèrent le pas. Le dernier, cependant, se fit happer par deux crocodiles, juste comme il sortait de la fontaine. Tiré par les deux reptiles, il s'enfonça sous l'eau bleue qui tourna vite au rouge…

Tarass ramassa son bouclier et poussa les soldats vers le palais.

— NOUS NE POUVONS PLUS RIEN POUR LUI !

L'entrée n'était plus très loin. Tarass enjamba le corps d'un crocodile et sauta le seuil pour enfin pénétrer dans le palais.

À l'intérieur, curieusement, tout le monde était appuyé dos aux murs et regardait vers le bas. Tarass les imita et baissa la tête. Il se rendit compte qu'il n'y avait plus de plancher. Le sol du palais avait disparu comme par enchantement et faisait place à un trou si profond qu'il était impossible d'en voir le fond.

Tarass soupçonna une ruse de Krall. Il prit une poignée de cailloux d'un pot de plante et la lança dans le gouffre. Il avait vu juste. Les cailloux demeurèrent suspendus dans les airs, exactement au niveau du plancher… Ils ne tombèrent pas dans le trou.

Tarass était fier de ne pas s'être fait berner par cette illusion d'optique créée par la magie de Krall.

Il posa ensuite les pieds au-dessus du vide et, comme les petits cailloux, son corps demeura en place sans tomber dans l'abîme. Tous s'en étonnèrent d'abord, mais finirent par le suivre. Tarass fit signe à Kizouma de les conduire aux appartements du pharaon.

Kizouma marchait d'un pas décidé dans un long couloir bordé de portes. Tout à fait à son extrémité, il aperçut quelque chose qui se mouvait; il stoppa net.

Tarass et Kayla le contournèrent pour regarder.

Une masse blanchâtre, qui s'étendait du

plancher au plafond, s'amenait rapidement et enfonçait toutes les portes de part et d'autre...

Horrifiée, Kayla se crispa. Elle recula sur Tarass, qui lui, tomba sur Kizouma.

— UNE VAGUE DE SABLE ! s'écria Kayla en poussant tout le monde. RECULEZ ! FUYEZ !

Kikia était figée sur place. Elle jetait des regards affolés partout autour d'elle. Trixx la tira par le bras et la traîna dans le couloir. Dans la confusion, un soldat trébucha et s'affala sur le sol.

Tarass ferma les yeux et prit une très grande inspiration. La vague de sable le frappa violemment puis balaya tous les autres comme un fragile château de cartes.

Une grande noirceur s'installa autour d'eux. Immobilisé, Tarass nageait péniblement dans le sable. Il réussit à libérer ses mains et parvint ainsi à s'extirper du tas de sable maintenant figé.

Seul dans le couloir, il se mit à creuser frénétiquement avec son bouclier. Les cheveux de Kizouma apparurent. Tarass dégagea le sable jusqu'à sa poitrine puis le tira. Kizouma avait le visage couvert de sable et toussait pour dégager ses poumons, mais il était hors de danger.

Le bouclier de Tarass percuta un pied immobile. Il reconnut la sandale de Kikia…

— NOOOOON ! s'écria-t-il, la colère entre les dents.

Avec Kizouma, il arriva à dégager son corps. Kikia ne bougeait pas.

Tarass frappa le mur avec son poing, et trois briques de terre séchée s'enfoncèrent dans le mur. Dans le trou, le sable s'engouffrait rapidement. Tarass était agenouillé et tenait le corps inerte de Kikia. Il regardait la masse de sable en pensant à ses amis emprisonnés.

Une main qui bougeait apparut soudainement dans le petit espace vide entre la masse de sable et le plafond. Tarass déposa le corps de Kikia et gravit le tas de sable. Il reconnut la bague et la main de Kayla. La tête collée au plafond, il pouvait entrevoir le visage de son amie. Il prit sa main dans la sienne.

— Tu es toujours en vie ! se réjouit-il. Et les autres ?

— De ce côté-ci, tout le monde est sain et sauf ! répondit-elle.

Tarass aperçut la main de Trixx près de celle de Kayla.

— Et de votre côté ? demanda-t-elle, le

visage dans l'ouverture. Kizouma ? Kikia ?

Le visage de Tarass devint grave.

Tarass lui raconta la découverte du corps inerte de Kikia.

— Comment est-elle ? Comment est-elle ? insista Kayla.

Tarass se retourna vers Kizouma. Il tenait Kikia comme une jeune enfant.

— Elle ne respire plus, lui répondit Tarass d'une voix triste.

La main de Kayla disparut de l'ouverture puis réapparut avec un parchemin roulé. Tarass prit le bout de papier et le déroula. Sur le parchemin était dessiné un mandala. Il se leva sur le bout des pieds.

— Que vas-tu faire avec ce mandala ?

— Colle-le immédiatement sur sa poitrine, lui ordonna Kayla. IMMÉDIA-TEMENT !

Tarass déposa le parchemin sur la poitrine de Kikia et le maintint déroulé avec ses deux mains.

Derrière la butte de sable, Kayla cria à tue-tête une parole magique…

— XASSO-PRO-TUD !

La poitrine de Kikia se souleva, puis soudain, elle secoua la tête et ouvrit les yeux.

— Qu'est-ce qui s'est passé ? demanda-t-

elle d'une voix un peu enrouée. Les autres ?
Où sont les autres ?

Tarass enleva délicatement le sable autour
de ses yeux.

— Tout le monde est là ! lui répondit
Kizouma. Ne t'en fais pas...

Tarass s'éleva à la hauteur de l'ouverture.

— Elle est en vie ! rapporta-t-il à Kayla.
Tu lui as sauvé la vie.

Kayla s'en réjouissait.

— Il faut enlever ce tas de sable pour que
nous puissions passer, dit Kayla dans le trou.

— NON ! répondit Tarass. NOUS
N'AVONS PAS DE TEMPS À PERDRE !
Tu vas ressortir du palais et passer par
l'extérieur. Tu te rendras avec les autres au
pavillon du pharaon.

Kizouma aida Kikia à se relever puis
donna les indications à Kayla.

— Il est situé dans la grande cour royale.
Il est facile à identifier, c'est la plus belle
construction du palais. Sa façade est décorée
de magnifiques colonnes.

Kayla partit aussitôt.

— Kikia et toi attendrez ici ! leur ordonna
Tarass. J'y vais tout seul...

— C'est la quatrième porte à gauche, lui
indiqua Kizouma.

Le policier s'assit avec Kikia sur le tas de sable pour attendre le retour de ses amis.

Tarass fonça droit devant dans le couloir avec son bouclier. À la hauteur de la quatrième porte, il pénétra dans un autre couloir qui déboucha sur la salle d'audience.

Plusieurs vases avaient été brisés, et des meubles avaient été renversés. Tarass comprit qu'il y avait eu une bagarre. Il songea au pharaon. Était-il arrivé trop tard ?

Au fond de la salle, un portail majestueux le conduisit à la salle du trône. Sur le grand siège tout en or, le pharaon était assis et tenu en otage par Krall qui le menaçait avec un ongle de Kraminu. Avec cet ongle de sorcier empoisonné, Krall pouvait paralyser Himotiss à tout jamais, et le souverain ne serait plus qu'une loque humaine. Inerte, il serait incapable de parler et de bouger le moindre muscle. Il serait affligé par « la morte-vie », condition contre laquelle il n'existe aucun antidote.

Tarass baissa son bouclier et avança vers Krall. Autour de lui, le sol était jonché des corps de plusieurs soldats qui avaient dû faire partie de la garde personnelle du pharaon.

Devant Tarass, le pharaon demeurait calme malgré la gravité de la situation. Krall promenait l'ongle sous son menton et souriait.

Tarass continua d'avancer jusqu'à ce que Krall l'arrête.

— Tu es assez près, Tarass, lui dit-il de sa vraie voix.

Étonné, Himotiss leva les yeux.

— Tu me surprends, Tarass, lui avoua Krall. Je n'aurais jamais pensé que tu puisses te rendre aussi loin de Lagomias.

Tarass baissa les yeux en signe de dégoût.

— Je me fous éperdument de ce que tu penses, Krall, l'invectiva Tarass. J'exige que tu libères le pharaon sur-le-champ et que tu te rendes. Sinon, je te préviens, tu vas le payer cher.

Krall ne prit aucunement les menaces de Tarass au sérieux et lui rit en plein visage.

Tarass fit un pas en avant, mais s'arrêta lorsque Krall enfonça légèrement le bout de son doigt dans la gorge du pharaon.

Himotiss leva la tête et ferma les yeux.

— Cher Tarass, tu n'as aucune idée de ta condition, lui dit Krall. Toi et moi sommes dans la même situation. La destinée de l'atoll est déjà tracée, et ce, depuis des millénaires. Tous les anciens écrits le confirment, tu ne peux pas le nier.

Tarass écoutait Krall. Ses yeux étaient

campés dans les siens. La rage montait en lui, mais il se sentait impuissant.

— Il faut vraiment être naïf pour penser pouvoir changer ce qui est inéluctable, poursuivit Krall. Toi et moi ne sommes que des pions. Est-ce que tu le savais, ça ?

Le visage de Tarass devint écarlate.

— JE NE SUIS PAS UN PION ! s'écria-t-il.

Krall se déchaîna.

— OUI ! tu n'es qu'un pion et tu es affligé d'une très grave maladie qu'on appelle la stupidité, l'insulta Krall. Toi et ta bande de demeurés, vous ne faites que chatouiller Khonte Khan, et ça le fait rire. Vous n'êtes pas une menace pour lui, vous n'êtes qu'un divertissement.

Krall se mit à rire à gorge déployée.

Il tenta ensuite d'égratigner le cou du pharaon avec l'ongle de Kraminu, mais celui-ci s'était transformé en une délicate plume blanche.

Krall devina, tout comme Tarass, que la magie de Kayla y était pour quelque chose.

Tarass parcourut du regard la salle du trône et aperçut, par une fenêtre, le visage de son amie qui souriait. C'était bel et bien elle, la responsable de la transformation de l'ongle dangereux en une innocente plume d'oiseau.

— Mais, s'étonna Tarass, je croyais que tes mandalas étaient totalement inefficaces sur Krall, lui lança-t-il à l'autre bout de la salle.

— J'ai modifié les recettes de certains sortilèges. Cet ignoble personnage n'est plus à l'abri de ma magie, maintenant.

Tarass se retourna vers Krall; ce dernier fulminait de rage. Il fit pivoter le grand siège doré, qui tomba et percuta le mur. Les pierres de terre séchée s'écroulèrent dans un nuage de poussière. Assommé, le pharaon était inconscient dans les débris.

Tarass courut dans sa direction.

Krall traîna Himotiss sur le sol et le sortit de la salle du trône en passant par la brèche dans le mur. Tarass enjamba les débris et plongea dans l'ouverture.

Une fois à l'extérieur, Krall eut un mauvais pressentiment. Il baissa les yeux et remarqua un immense mandala dessiné dans le sable. Cachés derrière des bosquets en fleurs, les soldats de Kizouma bondirent et l'entourèrent.

Kayla et Trixx, qui étaient cachés derrière une colonne, sortirent eux aussi.

Inerte, Himotiss était étendu sur le mandala, près de Krall.

— Libère le pharaon... TOUT DE SUITE ! l'intima Trixx. Si tu ne nous obéis pas, tu auras droit au pire des sortilèges que Kayla peut concocter.

Krall regardait avec mépris l'ami de Tarass.

— Sombre idiot ! l'injuria-t-il. Si vous me lancez un mauvais sort, Himotiss en sera affligé, lui aussi.

Trixx se tourna vers Kayla. Elle hocha la tête pour lui confirmer que Krall avait raison.

Tarass arriva près de Kayla.

Krall lança un regard menaçant aux soldats qui braquaient leur arme sur lui.

— Alors ! chuchota Tarass à Kayla. Que peux-tu faire ?

— C'est inutile ! Tant que le pharaon est avec lui sur le mandala, je ne peux rien faire.

Avec le bout de son pied, Krall effaça une partie du mandala puis dessina de nouvelles lignes et de nouvelles formes.

De désespoir, Kayla fit non avec la tête, car Krall, en modifiant les formes de son mandala, avait également modifié son sortilège.

— Tu crois être la seule à posséder les connaissances de la magie des mandalas, dit Krall. Eh bien ! je dois me faire le porteur d'une très mauvaise nouvelle : tu ne l'es plus !

Krall prononça trois mots magiques inconnus de Kayla...

— TOMO-FERA-XON !

Derrière le mandala s'éleva un pont de pierres qui conduisit Krall jusqu'aux berges du Nil, le grand fleuve qui contournait la ville. Un écran de fumée s'éleva autour du pont. Tarass tenta d'y pénétrer, mais il eut l'impression que son corps avait été piqué par des milliers de lances bien affûtées.

Impuissant, il regardait la scène avec les autres. Krall traversa le pont et se rendit jusqu'à un navire en bois amarré à un quai. Il donna des ordres à l'équipage, qui se prépara aussitôt à larguer les amarres et à quitter le port.

Quatre étranges squelettes quittèrent le navire et traversèrent le pont. Tarass n'avait jamais rien vu de semblable. Ces squelettes sans chair portaient des casques de combat, des épées et des boucliers. Ils devaient sans doute être de valeureux soldats morts au combat et ressuscités par Khan.

Les quatre squelettes soulevèrent Himotiss et l'emportèrent sur le navire. Une fois la voile levée, le navire largua ses amarres puis se laissa entraîner par le courant...

Amertume

Tarass s'était affaissé sur le sable. Le navire de Krall s'éloignait sur le grand fleuve. Kayla s'approcha de lui.

— Tarass, nous avons fait tout ce qui était en notre pouvoir.

Il fixait le sable tout en restant muet.

— Nous pouvons maintenant repartir vers Drakmor et tenter de traverser la prochaine contrée.

Kayla essaya de lui remonter le moral, mais c'était inutile…

Tarass prit une grande inspiration.

— Tu ne comprends pas, chère Kayla, lui répondit Tarass, la tête cachée entre ses genoux. C'est bien plus compliqué que tu ne l'imagines. Dans chaque contrée que nous traversons, il y a une guerre à gagner. Si nous perdons chacune de ces guerres, tout l'atoll sera sous le joug de Khan, et il sera complètement inutile de gagner la dernière.

Kayla réfléchissait.

— Est-ce que tu comprends ? Même si nous remportons une victoire fracassante dans la contrée de Drakmor, ce sera complètement inutile, puisque Khan possédera toutes les autres contrées.

Kayla réalisa soudain l'énormité de la tâche à accomplir.

— Pour espérer atteindre notre objectif ultime, il faut donc nous assurer d'anéantir le mal dans toutes les contrées de l'atoll…, conclut-elle.

— Oui !

Tarass baissa à nouveau la tête et demeura silencieux. Kayla s'assit à côté de lui.

Un long silence s'installa.

Kizouma, Kikia et Trixx les rejoignirent.

— Tu as des projets pour ce soir ? lui demanda soudain Kayla.

Tarass se tourna vers elle.

— Non ! Tu veux m'inviter à sortir quelque part ? s'étonna-t-il.

Kayla regarda au loin sur le fleuve.

— Ouais ! Je me disais… toi et moi… sur un beau grand navire, le coucher de soleil…

Tarass était surpris par la proposition de Kayla.

Près d'eux, Trixx sifflait pour cacher son inconfort.

— Nous pourrions voguer sur le Nil et…

— Et quoi ? voulait savoir Tarass.

Kayla se leva d'un coup sec et se plaça devant lui.

— ET TROUVER LE REPAIRE DE CET HORRIBLE PERSONNAGE POUR QU'ON LUI RÈGLE SON CAS UNE FOIS POUR TOUTES ! TARASS KRIKOM, TU TE LÈVES TOUT DE SUITE ET TU NE TE LAISSES PAS ABATTRE ! JE NE TE LE DIRAI PAS DEUX FOIS. SI JE TE VOIS ENCORE UNE FOIS MAUGRÉER À PROPOS DE TES FRUSTRATIONS DÉFAITISTES, JE TE TRANSFORME EN VULGAIRE PAPIER HYGIÉNIQUE ! JE TE LE DIS ! JE SUIS TRÈS SÉRIEUSE…

Trixx regarda le ciel et recula.

— Nous avons un très bel été, vous ne trouvez pas ? dit-il pour détourner l'attention.

— Ah oui ! entonnèrent Kayla, Kikia et Kizouma en chœur. Vraiment super…

La pyramide maudite

Ils se réunirent tous dans la salle du trône du palais.

— Où croyez-vous qu'il a emmené le pharaon ? demanda Tarass. Ce fleuve, le Nil, il va loin dans les terres ?

— Notre contrée est plutôt désertique, lui répondit Kizouma. Le Nil est probablement le plus long fleuve de l'atoll. Il coule du sud au nord et forme un delta marécageux avant de se déverser dans la mer. Il puise sa source de la contrée voisine, dont nous ne savons que très peu de choses. En longeant ses rives en bateau, vous rencontrerez toutes les villes de la contrée. Les pyramides et les temples ont été, quant à eux, construits très profondément dans le désert, dans « les terres mortes », comme on les appelle.

Tarass attendait encore sa réponse.

Kizouma regarda Kikia. Il savait que seuls les prêtres étaient autorisés à prononcer le nom de cet endroit que Tarass voulait connaître.

Sentant le malaise de Kizouma, Tarass se douta bien que son ami lui dissimulait quelque chose.

— Kizouma ! Tu dois me dire où sera exécuté votre dernier pharaon, Himotiss I.

Kizouma comprit soudain l'importance de la question…

— Un peu plus au sud se trouve le temple d'Abou-Simbel. C'est le temple le plus grandiose d'Égyptios.

— Est-ce que c'est là ? insista Tarass.

Kizouma demeura silencieux.

— KIZOUMA ! LE TEMPS PRESSE !

— Derrière le temple se cache une entrée, dont très peu de gens connaissent l'existence. Elle donne accès à la seule pyramide de la contrée construite sous le sol. C'est là que doit être exécuté notre souverain.

Tarass se demanda comment Kizouma pouvait en être si certain.

— C'est en cet endroit maudit que sont commis tous les sacrilèges, lui apprit Kizouma. Quiconque meurt dans ces lieux ne verra pas son âme traverser au royaume des morts. Il sera plutôt condamnée à être dévoré par Ammit, un monstre à tête de crocodile qui lui mangera le cœur. Pour les Égyptiens, c'est le pire des châtiments…

— Comment s'appelle cette pyramide ? s'enquit Kayla.

Kizouma demeura muet.

— Comment s'appelle cette pyramide maudite ? reprit Tarass sur un ton plus impérieux.

Kizouma refusait de prononcer son nom.

— Mais pourquoi ne peux-tu pas nous dire son nom ? le questionna Trixx. POURQUOI ?

— Parce qu'il nous est formellement interdit de le prononcer à voix haute ! lui répondit sèchement Kikia. VOILÀ POUR-QUOI !

— Ce nom doit, tout au plus, être murmuré pour ne pas éveiller les morts qui sommeillent et qui n'iront jamais vers l'au-delà, ajouta Kizouma.

Tarass s'approcha de Kikia.

— Comment se nomme cette pyramide que vous craignez tant ? lui demanda-t-il d'une toute petite voix. Comment ?

Kikia porta sa main à sa bouche et murmura le nom maudit à l'oreille de Tarass.

— La pyramide des Maures !

— Il faut que nous trouvions un navire sur-le-champ, commanda Tarass, debout devant les autres.

Son autorité naturelle et son talent inné de dirigeant commençaient à rejaillir.

— Le soleil va bientôt se coucher, nous n'avons plus beaucoup de temps.

— Où allons-nous trouver un navire ? demanda Kayla à Kizouma. Ton père est marchand. Possède-t-il des bateaux ?

— Oui, plusieurs ! Mais nous sommes au beau milieu de la saison des vents favorables et ils viennent tout juste de quitter le port avec leur chargement en direction du nord. Ils seront de retour dans quelques semaines seulement.

Tout le monde réfléchissait lorsque, au loin, une voix se fit entendre.

— Moi, j'ai un très grand navire !

La voix provenait du couloir qui se trouvait de l'autre côté de la salle d'audience.

Kizouma fonça vers le couloir.

Il sauta par-dessus les corps des soldats de la garde personnelle du pharaon, traversa la salle du trône et s'engouffra dans la salle d'audience.

— ELLE EST ENFERMÉE DANS SES APPARTEMENTS ! cria-t-il sans se retourner.

— Mais qui est enfermée dans ses appartements ? demanda Kayla. Qui ?

— LA REINE ! lui répondit Kikia.

Kizouma arriva devant sa porte.

— Ô grande reine, êtes-vous blessée ?

— Est-ce bien vous, Kizouma ?

— OUI ! Ô grande reine d'Égyptios, allez-vous bien ?

— NON ! Mais si je pouvais déjà sortir de cette pièce, ce serait un bon début.

— Je dois vous demander de reculer, ô grande souveraine, car nous allons défoncer la porte.

Tarass et les autres le rejoignirent.

— Je ne comprends pas pourquoi je n'arrive pas à l'ouvrir, leur expliqua Kizouma. On dirait qu'elle est coincée.

— C'est la magie de Krall ! lui dit Kayla. Tu n'y arriveras pas tout seul.

— Nous n'avons pas de temps à perdre, la reine Nifarii est enfermée dans cette pièce avec sa fille, Louvia. Il faut rapidement l'enfoncer.

Tarass et Trixx reculèrent d'un pas et s'élancèrent vers la porte. Leurs épaules percutèrent violemment les planches, qui volèrent en éclats. Kizouma tendit la main à la reine, qui enjamba les morceaux de bois brisés et sortit, suivie de sa fille.

Kizouma, Kikia et les soldats se prosternèrent devant la souveraine. Mal à l'aise et peu familier avec les usages du palais, Tarass se pencha maladroitement. Kayla et Trixx firent de même par politesse.

Nifarii regardait Tarass avec curiosité.

Kizouma se pencha vers elle.

— Ce sont des amis et des alliés du pharaon, ma reine.

La colère monta en elle lorsqu'elle pensa à Himotiss.

— OÙ EST LE VIZIR ? demanda-t-elle d'un ton cassant. JE VEUX QU'ON ME L'AMÈNE IMMÉDIATEMENT !

— Ô ma reine, il a quitté le palais avec le pharaon qu'il a kidnappé, l'informa Kizouma.

Nifarii le regarda d'un air incrédule.

— C'est vrai ! lui confirma Tarass. Votre grand vizir Krall est un traître. Rappelez-vous ces anciens hiéroglyphes qui prédisaient que le dernier pharaon serait tué par un autre pharaon. Cette légende semble devenir réalité, et Himotiss sera, si nous n'intervenons pas, LE DERNIER PHARAON !

Le visage de la reine tourna au violet.

— Vous avez besoin d'un navire ? Je possède le navire le plus rapide de toute la contrée… VENEZ !

Le Cobra royal

Sur le quai, la reine donna des ordres précis aux centaines d'hommes affairés à charger la cargaison sur le somptueux navire. Son grand sens de l'organisation, probablement acquis lors de la préparation des banquets qu'elle donnait fréquemment au palais, lui servait aujourd'hui.

Elle avait fait embarquer sur le navire tout l'arsenal disponible : des épées, des arcs, des lances; elle avait mobilisé ses troupes de soldats. Elle avait également fait monter à bord des chameaux et des caisses contenant des lampes à l'huile, de l'eau et des vivres.

Trixx montait la passerelle lorsqu'il aperçut la figure de proue du bateau. Il s'agissait d'une sculpture en bois représentant un serpent à grosses joues, comme celui qui avait frôlé les fesses de Kayla.

Il pointa le devant du navire.

— Regarde, Kayla ! Une de tes vieilles connaissances.

Kayla grimaça.

— AH NON ! pas encore cette horreur !

Kizouma s'approcha d'elle.

— C'est un cobra royal, l'animal préféré de la reine Nifarii. C'est ainsi qu'elle a baptisé son navire, *Le Cobra royal.*

Trixx parvint sur le pont, suivi de Kayla et Kikia.

— Tous les Égyptiens donnent-ils un nom à leur navire ? s'étonna-t-il.

— Oui ! répondit Kizouma, qui les attendait à bord.

— Si cela ne vous dérange pas, demanda Kayla en regardant la figure de proue, je voudrais aller vers l'arrière.

Kayla poussa tout le monde et se rendit le plus loin possible à l'arrière du navire.

— Royal mon œil, marmonna-t-elle pour elle-même. Ce reptile a plutôt l'air d'un verre de terre géant qu'on a vêtu d'un chandail rayé et à qui on a écrasé la tête…

— Belle image ! commenta Kikia, qui avait tout entendu. Tu n'aimes pas les cobras ?

— Non, mais ne t'en fais pas, c'est réciproque…

— Nous devrions partir, chère reine, si nous voulons espérer sauver Himotiss, suggéra Tarass à Nifarii. Je vois que le soleil commence à quitter le ciel et…

Il n'en fallut pas plus. Nifarii tapa dans ses mains, et tous les membres de l'équipage s'activèrent sur le quai.

— Il faut monter à bord, alors ! lui répondit la reine. Ils vont décrocher les amarres et lever la voile, la plus grande voile jamais montée à un mât de navire…

Lentement, le navire s'éloigna de la rive. Aux deux rangées de rames étaient installés des hommes très costauds et musclés.

— Ce sont les meilleurs rameurs de toute la contrée, se vanta la reine devant tout le monde. Ils sont aussi bien traités que mes crocodiles.

Kayla cacha un sourire, mais Kikia l'avait encore une fois remarqué.

— MAIS ! s'étonna Kayla en se retournant vers elle. Est-ce que tu me surveilles ?

Kikia fit un signe affirmatif de la tête, ce qui étonna Kayla encore plus.

— Mais pourquoi ? lui demanda-t-elle. Es-tu une espionne de Khonte Khan ?

Kikia souriait encore…

— Non !

— Alors pourquoi ?

— Je vous trouve tellement attachants, Tarass, Trixx et toi, lui avoua-t-elle sans retenue. Votre amitié, votre sens du devoir, votre bravoure, les sacrifices que vous faites pour les autres m'impressionnent. Je voudrais être comme vous. Vous savez que vous êtes des héros ?

Kayla se sentit un peu mal à l'aise devant autant de compliments.

— Je ne veux pas faire un jeu de mots stupide, mais tu es embarquée dans le même bateau que nous. De la bravoure, tu nous l'as déjà prouvé, tu en as toi-même beaucoup. Et je parle pour nous trois en disant que nous t'avons aimée dès que nous t'avons rencontrée, dans le fin fond de cette pyramide où tu étais emprisonnée.

— C'est vrai ? se réjouit Kikia. Merci beaucoup !

— Peu importe ce qui arrivera, nous ne t'oublierons jamais…

Kikia, le regard triste, contemplait l'eau bleue du Nil qui passait et qui tourbillonnait sous les coups de rames.

Les vents favorables multipliaient l'effet des rameurs, et le navire filait sur l'eau comme un guépard sur la terre. Tarass surveillait l'horizon. Il espérait apercevoir le navire de Krall pour l'aborder et délivrer le pharaon, mais cela aurait été beaucoup trop facile.

Debout sur le quai, Tarass profitait de la brise rafraîchissante. Elle contrastait avec la chaleur du soleil qu'il avait ressentie toute la journée. Il aperçut soudain plusieurs gros ballots qui flottaient autour du navire.

— Qu'est-ce que c'est ? demanda-t-il à Kizouma. On dirait la cargaison d'un navire qui a coulé.

Kizouma examina les ballots.

— Je ne suis pas certain, mais ce sont peut-être des sacs de grains. C'est étrange… Habituellement, lorsqu'un sac est jeté à l'eau, il est censé couler et non pas flotter, comme ceux-ci semblent faire depuis un certain temps.

À quelques mètres de la proue, deux ballots entrèrent en collision et explosèrent…

BRAAAAOOOUUUMMM !

À la poupe du navire, Kayla et Kikia se regardaient, terrifiées.

— LE TONNERRE ! s'écria Kikia, mais il n'y a pas un seul nuage dans le ciel…

Un vent de panique prit le navire d'assaut, et l'équipage se mit à courir dans tous les sens.

— STOPPEZ LE NAVIRE ! hurla Tarass. STOPPEZ LE NAVIRE !

Le mouvement des rames s'arrêta net, mais le navire poursuivit sa course. Nifarii sortit de sa cabine et alla vers Tarass.

— Qu'est-ce qui se passe ? Qu'est-ce qui a provoqué ce vacarme ?

— Nous sommes entourés d'étranges ballots qui explosent lorsqu'ils entrent en contact les uns avec les autres. Ce sont de petits cadeaux qu'a dû nous laisser Krall sur son passage.

Nifarii se pencha par-dessus le bastingage. Des dizaines de ballots flottaient partout.

— CAPITAINE ! hurla la reine. TUEZ LE NAVIRE !

Tarass ne savait pas ce que signifiait cette expression.

— DESCENDEZ LA VOILE ET DONNEZ TROIS COUPS DE RAMES VERS L'ARRIÈRE ! s'écria le capitaine.

Le navire s'immobilisa aussitôt.

Nifarii examina la situation.

— La seule façon de nous en sortir est de mettre à l'eau des pirogues en papyrus afin d'écarter les ballots de notre passage.

— Mais nous allons perdre un temps fou !

s'opposa vivement Tarass. Nous ne pouvons pas nous le permettre.

— Vous avez une autre solution ?

Tarass fit un signe à Kayla.

— Crois-tu être capable de faire quelque chose ? Peux-tu les écarter pour que nous puissions passer ?

— Non, je ne peux pas les écarter, mais je crois être capable de les faire couler. En plus, de cette façon, nous serons assurés qu'ils ne heurteront pas d'autres navires.

— Tu peux faire cela ? s'étonna Kizouma. Tu en es certaine ?

— Le mandala de lourdeur est le premier sortilège que j'ai appris. Je m'en suis si souvent servie dans le passé que je peux vous assurer qu'il fonctionne parfaitement.

— AH ! tu as déjà fait couler des ballots qui explosent ? demanda Trixx, un peu confus.

— Non, pas du tout ! À l'école, j'ai toujours été la plus menue, je me suis donc servie de mes pouvoirs pour donner du poids aux autres filles. Vous connaissez mon secret maintenant…

Tarass et Trixx se regardèrent sans vraiment comprendre l'importance de ce que Kayla venait de dire.

Kikia les regarda.

— C'est une affaire de filles, vous ne pourriez pas comprendre, leur dit-elle en prenant Kayla bras dessus, bras dessous.

— Viens, Kayla…

Sur les planches du pont, Kayla dessina le mandala sur un grand parchemin et le jeta par-dessus bord. Elle le laissa flotter quelques instants puis prononça une parole magique.

— PRASS-FERA-VUI !

Aussitôt, tous les ballots s'enfoncèrent lentement dans l'eau et disparurent sous la surface.

Nifarii était subjuguée. Kayla venait de faire sensation auprès d'elle.

— Il faut que tu exécutes quelques tours devant Himotiss et tous les dignitaires de la ville, s'excita la reine. Tu feras sensation ! Est-ce que tu es libre demain, au coucher du soleil ?

Kayla regarda Tarass d'un air confus.

— Euh, oui ! Si je ne suis pas morte, je pourrai bien vous exécuter quelques trucs.

Elle ouvrit tout grands les yeux et leva les épaules.

Le navire avait repris la mer et tentait de rattraper le temps perdu. Nifarii avait promis à tous les membres de l'équipage que, s'ils arrivaient à temps, ils auraient droit à de la chair de scarabées au miel. En entendant cela, Trixx et Kayla espérèrent secrètement arriver avec un peu de retard…

En bordure de la rive, Trixx aperçut plusieurs paires d'yeux qui perçaient la surface de l'eau et qui les dévisageaient. Il ne fallut pas plus que quelques secondes pour qu'UNE GROSSE TÊTE APPARÛT !

— REGARDE !

Kayla chercha au loin.

— On dirait des éléphants sans trompe avec de minuscules oreilles rondes.

— Ce sont des hippopotames ! lui précisa Kizouma. Ils sont toujours dans l'eau. Ils ne peuvent pas supporter la chaleur.

— Est-ce qu'ils sont aussi gentils que les éléphants ? demanda Trixx.

— Non, ils sont plutôt d'humeur belliqueuse. Ils renversent souvent les barques des pêcheurs et quelquefois, ils les attaquent. Saviez-vous que ces gros mammifères laissent échapper des gaz par leur bouche ?

Trixx était curieux.

— PAR LEUR BOUCHE ! Tu veux dire qu'ils pètent par la bouche ?

— Oui ! lui confirma Kizouma.

— Ils ne doivent pas s'embrasser très souvent alors.

Kizouma rit.

— Non !

Kayla ne trouvait pas cela drôle.

— Tu aurais tout simplement pu nous dire que ces animaux sont antipathiques, voilà tout. Tu n'avais pas besoin d'entrer dans les détails… Vous, les gars, des fois…

Kayla s'éloigna d'eux, découragée.

Trixx et Kizouma éclatèrent de rire.

— C'est complètement faux, n'est-ce pas ?

— SI ! SI ! c'est vrai, je te le jure.

Sur le pont près de la proue, deux soldats discutaient avec Kayla.

— Tu pourrais vraiment réaliser cela ? lui demanda le premier. Tu serais capable de rendre la lame de mon épée incassable et inaltérable ? Jamais elle ne rouillerait ?

— C'est exactement cela ! Elle ne deviendra jamais éméchée, lui répondit Kayla. Et pour toi, qui n'aimes pas te raser, dit-elle au deuxième, je peux arrêter la croissance des poils sur ton visage.

Le soldat s'en réjouissait d'avance.

— Tu le peux vraiment ? Et ça marche ?

— Très bien ! Je l'ai déjà fait à ma mère…

Les deux soldats riaient lorsque soudain un grincement horrible se fit entendre.

CRIIIIIIIII !

Au-dessus d'eux, une ombre se manifesta. La figure de proue à l'effigie du cobra royal avait bougé et s'était retournée. Krall leur avait lancé un autre mauvais sort. Dans un élan foudroyant, le cobra se jeta, gueule ouverte, sur l'épaule du premier soldat. Le sang gicla sur le pont. Kayla poussa l'autre violemment pour l'éloigner. Alertés par les hurlements, tous accoururent.

Tarass fonça vers la proue et frappa le corps en bois du cobra avec son bouclier. Le cobra laissa tomber le soldat puis, à peine écorché, il se trémoussa devant Tarass.

Férocement attaqué, Tarass parvint à se protéger des longs crochets qui sortaient de la gueule du serpent avec son bouclier. Des soldats lancèrent leurs lances qui se plantèrent dans le bois. Le cobra semblait indestructible. Sa mâchoire proéminente venait vers Tarass. Il roula sur le pont, et ses crochets se plantèrent dans les planches de bois.

Kikia se cacha la tête entre les mains.

Tarass pivota et trancha d'un seul coup le

corps du cobra. Dans un gémissement presque humain, le gros serpent tomba avec fracas sur le pont.

BRAAAAM !

Le cobra se releva et fouetta l'air avec sa tête pour tenter de mordre Tarass. Les soldats s'acharnaient toujours à lancer leurs armes sur son corps. Le cobra fit claquer sa mâchoire à la gauche de Tarass puis à sa droite. Tarass esquiva chaque coup.

Puis, soudainement, une épée lancée par Kayla se planta entre les deux yeux du cobra. L'épée portait à sa lame un parchemin percé sur lequel était dessiné un mandala…

Protégée par le bouclier de Tarass, Kayla s'avança vers le cobra puis hurla :

— KAROUM-BI-DRA !

Le grand serpent de bois s'embrasa spontanément dans un amas de flammes bleues.

— JETEZ-LE À L'EAU, ordonna le capitaine, AVANT QUE LE NAVIRE BRÛLE !

Plusieurs soldats s'affairèrent à pousser le brasier avec la pointe de leur lance jusqu'à ce qu'ils parviennent à le passer par-dessus bord. Trixx et Kikia arrosèrent le pont derrière eux à grands coups de seaux remplis d'eau.

Jeté à l'avant du navire, le cobra enflammé frôlait dangereusement la coque. Tarass emprunta la lance d'un soldat et poussa le débris au loin. Derrière le bateau, une colonne de fumée noire montait haut dans le ciel.

Kayla et Kikia regardaient s'éloigner les restes fumants de la figure de proue.

— Voilà pourquoi je n'aime pas ces serpents à grosses joues.

— Un cobra ! reprit Kikia. On dit un cobra…

— Un cobra à grosses joues ?

— Laisse tomber…

Tarass remarqua que le soleil ne brillait plus sur la surface du Nil. Cela voulait donc dire que le navire s'approchait de la rive.

— Est-ce que nous arrivons, capitaine ?

— La reine a donné l'ordre d'accoster, lui dit le capitaine, un peu confus. Je ne comprends pas pourquoi, il semble n'y avoir que du sable à perte de vue sur la rive. Nous allons accoster dans le désert…

Le capitaine regardait, au loin, les côtes du Nil.

— Je pense que la reine s'est trompée !

Kayla arriva près de Tarass.

— Qu'est-ce qui se passe ?

— Je crois que nous nous sommes égarés !

— Ils n'ont aucune carte pour naviguer ? chercha à comprendre Trixx. Ils ne connaissent pas leur propre fleuve ? C'est étonnant…

La porte de la cabine s'ouvrit brusquement.

— BON ! allons-y, ordonna Nifarii.

La reine s'était changée et semblait prête à effectuer une balade dans le désert. FAITES DESCENDRE LES CHAMEAUX !

Tarass se glissa près de la reine.

— Mais, chère reine, vous aviez parlé d'un gigantesque temple érigé par Ramsès II. Un monument époustouflant, la demeure ultime des dieux, qui pouvait résister au temps. Je ne vois aucun sanctuaire de cette splendeur sur le rivage du Nil.

Nifarii enroula un long foulard autour de sa tête pour se protéger du soleil.

— Juchez-vous ! dit-elle à Tarass sans même le regarder.

Tarass ne comprenait pas ce que Nifarii lui demandait.

— Excusez-moi ?

— Juchez-vous, par Osiris ! répéta-t-elle. Grimpez au mât !

Abou-Simbel

Tarass pointa le mât du *Cobra royal*.

— Vous voyez un autre navire, vous ? Bien entendu, ce mât ! Allez ! Qu'est-ce que vous attendez ?

Tarass escalada le mât en s'agrippant aux cordages. À mi-chemin, il aperçut au loin quatre gigantesques statues du pharaon Ramsès assises face au Nil…

— ÉPOUSTOUFLANT ! hurla-t-il du haut du mât.

Sur le pont, Trixx sauta à son tour pour apercevoir le temple.

— Il est bien là, le temple d'Abou-Simbel ? lui demanda Kayla. Derrière la grande dune ?

Tarass se laissa glisser sur le mât verni.

— OUI, exactement derrière cette dune.

Ses pieds touchèrent le pont.

Des hommes installèrent la passerelle et d'autres firent descendre les chameaux.

À dos de chameau, Nifarii et Tarass prirent la tête de la caravane, suivis de près par leurs amis. Les cohortes de soldats suivaient à pied derrière eux. La caravane passa plusieurs dunes avant de finalement atteindre le temple d'Abou-Simbel.

Nifarii leva la main et tous s'arrêtèrent.

— Nous allons faire un arrêt ! ordonna-t-elle. Le temps de boire et nous repartons.

— Il est vraiment magnifique, ce monument, commenta Tarass. Gigantesque !

— OUAIS ! répondit Trixx, étendu sur le sable, les bras derrière la tête… GIGAN-TESQUE !

Tarass but une bonne rasade d'eau et passa la gourde à Kizouma.

— Ce temple a été sculpté à même les montagnes de Nubie que tu aperçois là-bas. De gros blocs de pierre taillés ont été transportés jusqu'ici pièce par pièce. On l'a reconstruit loin du rivage afin de le protéger des nouvelles crues du Nil.

— Quel travail ! C'est très impressionnant…

— Oui ! les artisans de cette époque y ont sacrifié des années.

Tarass observait les archers qui s'entraînaient. Il admirait leur précision. Nifarii passa devant eux. Elle était accompagnée de Kayla et Kikia.

— Vos archers, chère reine, sont très doués, lui dit Tarass, assis dans le sable. La précision de leurs tirs est surprenante.

— Ils sont bien plus que cela, Tarass... Permets-moi de t'en faire la démonstration.

Elle leva la main et fit signe à son meilleur archer.

Un jeune homme sortit du groupe en courant. Il avait l'âge de Tarass. Il s'agenouilla dans le sable devant Nifarii.

— Oui, ma reine...

— Frisé !

Nifarii l'avait surnommé ainsi à cause de sa chevelure dense et bouclée.

— Frisé ! répéta Nifarii. Montre à Tarass comment tu tires à l'arc.

Frisé plongea la main dans un de ses sacs et sortit une figue fraîche.

— Je vais vous demander d'aller déposer cette figue dans le vallon derrière la quatrième dune là-bas, s'il vous plaît...

— LÀ-BAS ? s'étonna Tarass. Tout à fait là-bas ?

— Oui ! s'il vous plaît.

Sceptique, Tarass se dirigea vers l'endroit indiqué. Il passa tout près de Trixx et lui murmura :

— Il ne réussira jamais ! La cible est trop petite et beaucoup trop loin.

Tarass marcha jusqu'au vallon et leva la figue dans les airs.

— ICI ? cria-t-il.

— OUI ! répondit Frisé. DÉPOSEZ-LA SUR LE SABLE !

Tarass s'exécuta.

— C'est beaucoup trop loin, marmonna-t-il. D'ici, je peux à peine entendre le son de sa voix.

Tarass revint près de Nifarii.

— Croyez-vous qu'il sera capable de l'atteindre avec une flèche, Tarass ?

— Avec tout le respect que je vous dois, chère reine, je ne crois pas qu'il y parvienne ! Nous sommes beaucoup trop loin et nous ne pouvons même pas voir, d'ici, le fruit qui est caché par les dunes.

— Tu lui donnes combien de coups pour réussir ?

— Deux ! Mais je vous le dis, je demeure extrêmement sceptique.

Devant Tarass, Frisé sortit une flèche de son carquois puis pointa son arc très haut dans le ciel.

Tarass observait l'angle de tir. L'arc de l'archer était complètement hors cible. Tarass appréhendait déjà la réaction de la reine lorsque son archer raterait la cible. La reine ne sera pas contente de perdre la face devant tout le monde…

Frisé ouvrit ses deux doigts et la flèche fonça vers les nuages.

— Raté ! murmura Tarass à son ami Trixx. Raté !

Pendant que la flèche traçait un grand cercle dans les airs, Frisé sortit une autre flèche, pointa l'arc directement vers la première dune, puis tira…

La flèche s'engouffra instantanément dans le sable. Au loin, dans le vallon de la quatrième dune, la première flèche tomba enfin.

Tous se précipitèrent.

Tarass marchait lentement et buvait de l'eau. Autour de la flèche plantée dans le sable, Nifarii ordonna de ne rien toucher. Tarass arriva et vit la flèche.

— Où est l'autre ? demanda-t-il. Et où est la figue ?

Tarass saisit la flèche et la sortit du sable. Il était bouche bée ! La deuxième flèche avait transpercé la première pour former un grand *X*.

Au point de jonction des deux flèches se trouvait… LA FIGUE TRANSPERCÉE !

Trixx avait la mâchoire qui lui pendait presque jusqu'au torse. Frisé examina la figue de près…

— HMMM ! je suis un peu déçu. Mes flèches ne forment pas un parfait angle droit. Il faut que je m'entraîne encore…

Nifarii leva le menton.

— Il faut partir…

Nifarii glissa sur le dos de son chameau et posa les deux pieds sur le sable.

— Nous sommes arrivés ! annonça-t-elle à tout le monde.

Tarass tenait les rênes de son chameau et cherchait l'entrée de la pyramide. Autour de lui, il n'y avait que du sable.

— Je ne vois pas la moindre entrée de pyramide. Et toi ? lui demanda Kayla.

Tarass hocha la tête.

Trixx cherchait de tous bords et de tous côtés…

— Où est-elle, cette foutue pyramide des Maures ?

— Es-tu complètement fou ? le réprimanda Kayla. As-tu oublié qu'il ne faut pas prononcer ce nom à voix haute ?

Mais cela ne semblait aucunement déranger Trixx.

— Pyramide des Maures ! Pyramide des Maures ! Pyramide des Maures !

— TU VEUX QUE JE TE COLLE UN MANDALA SUR LA BOUCHE ?

Trixx cessa son petit manège enfantin.

Entourée de quelques soldats, Nifarii marchait sur une dune et scrutait la surface sablonneuse. Découragée, elle leva les deux bras en signe d'incompréhension.

Tarass, Kayla et Trixx la rejoignirent.

— Des problèmes, ma reine ? lui demanda Tarass.

— Je ne parviens pas à trouver l'entrée, lui avoua-t-elle. Le vent a poussé les dunes et a complètement changé la configuration du paysage. La pointe de la pyramide noire est cachée maintenant. Je n'ai plus aucun point de repère ! La pyramide pourrait aussi bien être là-bas, ou là-bas ou même ici, cachée sous une épaisse couche de sable. Nous ne parviendrons jamais à trouver l'entrée…

Tarass observait les alentours.

— Tu crois qu'il y a une façon de trouver la pyramide ? le questionna Kayla. Avec tout ce sable, si nous devons creuser, ça risque de nous prendre des jours.

—Ne t'en fais pas ! Il n'est pas question de nous mettre à creuser. Il y a sûrement un autre moyen de trouver l'entrée…

—Tu as entendu ce que Nifarii a dit à propos du paysage ? lui rappela Kayla. Il se modifie continuellement au gré du vent. Il doit alors y avoir une autre façon plus sûre de la trouver.

Tarass réfléchissait…

—Est-ce que vous pouvez me dire ce que signifie le mot *Maures* ? demanda-t-il à la reine, sans retenue.

Tous les soldats se bouchèrent les oreilles. Nifarii était, elle aussi, outrée.

—JE VOUS EN PRIE ! NOUS DEVONS SAUVER HIMOTISS ! Et le temps presse...

Nifarii comprit que Tarass ne posait pas cette question par simple curiosité. Elle prit alors une grande inspiration…

—Dans les hiéroglyphes, le mot *Maures* a toujours été représenté par l'image de cinq pharaons, expliqua-t-elle, personne n'a jamais su pourquoi.

—Cinq pharaons ? se mit à réfléchir Tarass. Il faut trouver cinq pharaons.

—Là-bas, il y en a quatre ! lui dit Kayla.

—OÙ ?

— Au temple d'Abou-Simbel, bien entendu.

Tarass apercevait au loin une partie de la très haute construction.

— Mais, étant donné que ce sont quatre statues du même pharaon, ne comptent-elles pas pour un seul pharaon ? Il nous faudrait donc en trouver quatre autres.

Kayla fouilla du regard les étendues de sable.

Tarass remarqua, au loin, un autre temple constitué de très hautes colonnes. Il se tourna et vit l'eau bleue du Nil. Au loin, à sa droite, il reconnut le mur du labyrinthe. Afin de bien assimiler l'emplacement de chacun de ces éléments les uns par rapport aux autres, il se plaça face au temple d'Abou-Simbel. Il constata qu'à l'arrière de celui-ci se dressait l'autre temple, à sa gauche le Nil coulait doucement, et à sa droite s'élevait le mur du labyrinthe.

— J'AI TROUVÉ ! s'exclama-t-il.

Tout le monde accourut près de lui.

— Selon la légende, il fallait trouver cinq pharaons pour ensuite trouver l'entrée de la pyramide, commença-t-il. Mais, dans les faits, ce ne sont pas cinq pharaons que nous devons chercher. Je m'explique : le pharaon étant la plus grande figure de tout Égyptios, il nous faut trouver cinq points de repère comparables à sa grandeur. Nous avons devant nous le temple d'Abou-Simbel; derrière, au loin, il y a l'autre temple avec ses immenses colonnes; à droite, le labyrinthe de Zoombira; à gauche, le plus grand fleuve, le Nil…

— BRAVO ! s'exclama son ami Trixx, je suis très fier de toi !

— Mais il en manque un ! lui fit remarquer Nifarii. Tu n'en as nommé que quatre…

— C'est vrai ! remarqua aussi Trixx. Il manque un pharaon.

Des murmures se firent entendre tout autour de Tarass.

— Le cinquième est celui que nous cherchons, répondit-il à la reine. Et il se trouve directement sous mes pieds…

CINQ !

La pyramide des Maures

— Tu as réussi à trouver l'entrée ! se réjouit la reine.

— NON ! c'est plutôt elle qui m'a trouvé.

À ses pieds, Tarass remarqua que le sable s'était mis à tourner très lentement et qu'il se transformait en un gros tourbillon de sable mouvant.

— MAINTENANT, JE VEUX QUE VOUS RECULIEZ TOUS ! commanda-t-il en écartant les bras.

Ils s'éloignèrent. Le corps de Tarass commença à tourner sous leurs yeux. À la vue de la scène, tout le monde recula d'un pas supplémentaire.

Le sol grondait…

— Je veux avoir près de moi : KAYLA…

Son amie sauta dans le grand cercle de sable qui commençait à tourner plus vite.

— TRIXX !

Trixx fit un pas de recul et enjamba l'extrémité du tourbillon pour se placer près de Tarass.

— FRISÉ !

Le jeune archer courut jusqu'à Tarass et les autres, sans s'arrêter.

— J'ai aussi besoin de trois soldats volontaires armés d'une épée.

Trois braves soldats bondirent aussitôt dans le tourbillon qui commençait à s'enfoncer.

Le sable avait atteint les genoux de Tarass. Devant lui, un nuage de poussière s'éleva. Le sol se mit à gronder très fort. Il se ferma les yeux et cria à ses amis :

— PRENEZ TOUS UNE TRÈS GRANDE INSPIRATION !

Sous le regard terrifié de la reine Nifarii et des autres, le sol les engloutit…

Le sable finit par les recouvrir complètement, et une grande noirceur les enveloppa.

Tarass se sentait aspiré. Les yeux fermés, il attendait, espérant que la traversée du sol jusqu'à la pyramide ne serait pas trop longue, car il craignait de manquer d'air.

Ses jambes se mirent tout à coup à danser dans le vide. Il se sentait de plus en plus libre.

Soudain, des mains agrippèrent ses jambes. Les bras au-dessus de sa tête, il ne pouvait pas se défendre. Les mains le tirèrent hors du sable et le déposèrent doucement sur le sol. Ses yeux étaient pleins de sable, il ne pouvait pas voir. Ses oreilles aussi étaient bouchées. Une voix familière résonnait dans sa tête…

— Tarass ! Tarass ! Tu es arrivé…

C'était la voix de Kayla.

Il finit par ouvrir les yeux. Derrière Kayla, Tarass pouvait apercevoir une voûte sablonneuse qui tournait au-dessus de ses amis.

Son visage était couvert de sable. Trixx l'aida à se nettoyer.

— Non, mais, qu'est-ce que tu faisais ? Tu en as mis du temps ! Tu t'es arrêté prendre le thé chez quelqu'un ?

— Tout le monde s'est bien rendu ? finit par murmurer Tarass.

— Il ne manquait que toi à l'appel, lui répondit Trixx en riant. Quel hôte fais-tu : tu nous invites et ensuite tu disparais !

Tarass se leva.

— J'ai l'impression que nous sommes dans une grotte, lui dit Kayla. Nous pensons que l'entrée de la pyramide des Maures se situe là-bas.

— Je ne comprends pas… Vous n'en êtes pas certains ? voulu comprendre Tarass.

Il se retourna vers la pyramide. Un grand visage monstrueux sculpté à même le roc le dévisageait.

— Il s'agit bien de l'entrée…

— Comment peux-tu en être si sûr ? lui demanda Trixx.

— Tu en vois une autre, toi ?

— Alors, nous sommes vraiment dans l'embarras !

— Pourquoi ?

— Viens, je vais te montrer !

Trixx prit une flèche du carquois de Frisé et l'inséra dans l'immense bouche. Dès qu'elle eut franchi le cap des lèvres de l'horrible visage… GROOOUUUU !

De monstrueuses dents en pierre s'abattirent sur la flèche et l'écrasèrent. Trixx retira la portion de la flèche qui était restée prise entre les dents, et celles-ci se retirèrent.

Tarass se gratta le menton…

— Frisé ! peux-tu tirer une flèche dans la bouche ?

Frisé s'exécuta : il prit une flèche et pointa son arc. La flèche passa rapidement à l'intérieur de la bouche monstrueuse sans que les dents l'écrasent.

— Je viens de comprendre ! lança Tarass.

— De comprendre quoi ? demanda Trixx.

— Il suffit de courir très vite pour éviter les dents mortelles…

— MAIS TU ES FOU ! s'opposa-t-il vivement. Et si quelqu'un trébuche ? Il n'en est pas question !

— Moi, je crois savoir ce qu'il faut faire.

Kayla avait remarqué que les yeux du visage bougeaient et suivaient leurs moindres faits et gestes.

— Il faut lui bloquer la vue !

Elle sortit deux feuilles de parchemin de son sac et les plaça devant chaque œil. Frisé sortit une troisième flèche et la glissa lentement dans l'ouverture. Rien ne se produisit…

Kayla sourit et pénétra la première dans la pyramide des Maures…

En tête du groupe, Kayla cheminait lentement dans un long corridor. L'humidité et la poussière entraient dans ses narines et la faisaient tousser.

Arrivée à un carrefour, elle scruta la pénombre attentivement, car elle avait cru percevoir un écho de sons étranges. Elle n'avait aucune idée de ce que c'était, mais la seule chose dont elle était certaine, c'était qu'il ne s'agissait pas de paroles ou de cris humains.

Après quelques secondes de réflexion, son visage s'illumina. Tarass, qui l'avait rejointe, pouvait également entendre l'écho.

— Penses-tu à la même chose que moi ? lui demanda Kayla.

Elle se doutait bien de sa réponse.

— Oui ! c'est la momie de Semethep II qui vient dans notre direction.

Tarass tira le bras de Frisé et plaça le jeune archer au milieu du passage.

— Écoute bien, la momie de Semethep II vient par ici. Je ne sais pas à quelle distance elle se trouve, mais je veux que tu tires une flèche en plein centre du passage et qu'elle maintienne sa trajectoire le plus longtemps possible, même si la hauteur du passage n'est pas très élevée. Penses-tu en être capable ?

Frisé acquiesça d'un signe de tête. Avec ses dents, il mastiqua les plumes de la flèche et la posa ensuite à son arc. Il tira la corde le plus loin qu'il put et tira. La flèche disparut dans la noirceur, et un grognement se fit entendre.

Kayla tendit l'oreille et constata que les bruits n'avaient pas cessé.

— UNE AUTRE ! cria Tarass à l'archer.

Frisé obéit aussitôt.

Kayla hocha de nouveau la tête en signe de négation. Frisé envoya plusieurs autres flèches, mais les bruits persistaient toujours.

— Il faut que tu fasses quelque chose, Kayla ! lui intima Tarass.

Kayla sortit une craie de son sac et dessina rapidement deux mandalas sur le sol de pierre.

— Je ne suis pas certaine d'obtenir le résultat escompté, prévint-elle, mais si cela fonctionne...

Elle leva le pouce dans les airs et hurla une longue phrase incompréhensible...

— GRAMOU-TESS-RA-MOI-TERA !

Le passage fut aussitôt traversé par une lumière vive. Des dizaines de momies décharnées avançaient. La première portait les flèches de Frisée plantées dans son torse.

— On ne peut pas tuer ce qui est déjà mort, je présume, constata Trixx.

Tarass recula, mais Kayla l'attrapa par la main pour le retenir.

— Mais qu'est-ce que tu fais ? Il faut partir d'ici au plus vite...

— Aie confiance ! lui dit Kayla. Ne bouge plus.

Dans le passage, les momies avançaient toujours en se traînant les pieds. Lorsqu'elles parvinrent près des mandalas, la première s'arrêta net sur un mur transparent et s'affala sur le sol. La deuxième tomba sur la première, et la troisième, sur la deuxième. Elles s'empilèrent ainsi jusqu'à ce que le passage soit complètement obstrué.

— BON ! maintenant, nous pouvons partir, dit enfin Kayla.

Trixx demeura immobile devant l'amas de momies. Kayla attrapa son ami et l'entraîna dans un autre hostile et lugubre passage.

Le passage débouchait sur une grande salle dominée par une statue géante. L'odeur du mal flottait partout dans l'air et laissait présager le pire.

Tarass examina la statue. Il s'agissait d'un homme musclé et chauve. Il portait le même type d'armure que la sienne, mais ce n'était pas le style de vêtements que Tarass était habitué de voir ici, à Égyptios. Cet homme était donc d'une autre contrée, il n'y avait pas de doute. Il était assis sur un trône et, comme un roi, il attendait sa destinée…

Trixx tenta de lire les quelques lettres gravées sur le socle.

— Magraa soprack…

Kayla entendit Trixx et alla le rejoindre. Il était penché devant le socle et tentait de découvrir l'identité de la statue.

Kayla frôla avec sa main les lettres gravées puis se releva.

— C'est lui ! dit-elle tout bas.

Elle leva les yeux vers le visage de la statue.

— Qui ? lui demanda Trixx.

— Le maître suprême !

Tarass se retourna lentement.

— Khonte Khan, confirma Kayla.

Tarass s'approcha de la statue. La rage s'empara de lui. Il sauta et tenta de pousser la grande sculpture en bas de son socle, mais il en fut incapable. Il sollicita l'aide de Frisé et des trois soldats.

— Tu crois que cela va te servir à quelque chose, Tarass ? lui demanda Kayla, qui n'aimait pas le voir dans cet état.

Ils conjuguèrent leurs efforts et parvinrent à la faire basculer en bas de son socle. La statue se fracassa en plusieurs pièces sur le sol.

BRAAOOOUUMM !

Tarass, fier de lui, descendit du socle. Avec son bouclier, il coupa un des doigts de la statue de Khan et le ramassa.

TCHAC !

Kayla le regardait.

— J'espère que tu te sens mieux maintenant !

— Tu crois que j'ai fait cela dans un élan de rage incontrôlée ? Eh bien ! tu te trompes, ma chère amie. C'est à cause de ces icônes que la magie de Khan se répand de Drakmor aux autres contrées ! Il faut toutes les détruire…

Tarass se retourna vers son ami Trixx.

— Derrière le socle, il y a un autre passage ; c'est par là que nous allons…

Trixx acquiesça sans protester.

— Et le doigt, Tarass, ajouta Kayla, pourquoi l'as-tu brisé si ce n'est pas par colère ?

Tarass se rapprocha de Kayla et ouvrit sa main pour lui montrer le doigt en pierre.

— Regarde cette bague ! Krall possède la même. Maintenant, nous savons ce que portent les alliés de Khan… Une bague à la forme d'un serpent avec une tête à cornes…

Tarass observa craintivement le passage qui se trouvait derrière le socle. Des torches éclairaient les lieux, et les pierres des murs étaient bizarrement taillées. Tout cela ne lui disait rien de bon. Il décida donc d'avancer, mais très prudemment.

Il semblait régner une sorte de microclimat dans le passage. Il était balayé par des courants d'air froid qui faisaient contraste avec la chaleur régnant sur toute la contrée d'Égyptios.

Le passage se terminait sur une double porte de bois munie d'un lourd heurtoir. Tarass avait le pressentiment que la suite des évènements se précipiterait lorsqu'il ouvrirait ces portes… Il prit une grande inspiration et profita de ces derniers moments de tranquillité. Trixx posa sa main sur son épaule.

— Nous sommes prêts !

Tarass tira les deux portes vers lui…

L'antre des Maures

Aussitôt que les deux portes furent ouvertes, une horde de répugnants squelettes en habit de combat foncèrent sur eux, épée à la main.

— Mais que sont ces horreurs ? lança Trixx, effrayé.

— Ce sont les âmes perdues des guerriers bannis d'Égyptios, répondit nerveusement un soldat … DES MAURES !

Frisé gardait son calme et voulait en abattre un maximum avant qu'ils arrivent jusqu'à eux. Il tira trois flèches qui firent s'écrouler trois squelettes. Tarass brandit son bouclier, car les autres s'approchaient dangereusement.

L'impact de leurs armes fut d'une telle violence que plusieurs des épées rouillées des squelettes se fracassèrent. Tarass profita de cette situation pour en frapper un autre de toutes ses forces avec son bouclier. Désarticulé, le squelette s'éparpilla en pièces détachées partout sur le sol.

À côté de Kayla, un soldat s'engagea dans un corps à corps brutal avec un autre squelette. Celui-ci parvint à renverser le soldat et le menaça avec une dague rouillée. Kayla colla un mandala sur le crâne du squelette qui aussitôt explosa en plusieurs morceaux.

BRAOOUUM !

De son côté, Trixx avait déjà réussi à esquiver deux coups du sabre meurtrier d'un autre de ces horribles personnages. À la troisième tentative, il réussit à attraper la main du squelette, lui déroba son arme et lui coupa la tête.

Trixx possédait maintenant un sabre. Il en était fier. Alors qu'il contemplait sa dernière acquisition, il aperçut, au milieu de la vaste salle, un grand sphinx qui se ruait vers lui.

— AH NON ! ILS ONT UN SPHINX ! s'écria-t-il.

Deux soldats arrivèrent à ses côtés.

— Il faut lui trancher le nez ! lui conseilla celui de droite. Une fois le nez détaché du visage, le sphinx redeviendra statue.

Le sphinx fonçait vers Trixx comme un

taureau enragé. La peur lui faisant perdre le contrôle de ses jambes, Bleu se mit à reculer. Lorsque le monstre arriva à sa hauteur, il s'écarta de sa trajectoire. Le sphinx percuta violemment un des deux soldats.

BRAAAM !

Tarass combattait deux squelettes. Il parvint à esquiver un coup de sabre qui visait sa tête, puis, sans même regarder, il fit un grand cercle avec son bouclier. Les deux squelettes reculèrent. Le bouclier continua sa course et trancha le nez du sphinx.

TCHAAC !

Trixx était éberlué.

— J'ai entendu pour le nez ! dit-il à son ami en poursuivant son combat avec les deux squelettes.

Tarass envoya un coup de pied au plus près des deux, qui tomba sur le second. Il les acheva en plantant son bouclier dans leur thorax décharné.

Trixx, qui observait la scène, comprit à ce moment précis que rien ne parviendrait à arrêter son ami Tarass.

Il ne restait plus qu'un seul squelette à abattre. Tarass, qui avait les yeux fermés et la tête penchée vers le plancher, se releva. Le squelette portait un casque, un bouclier et une épée. Lorsque Tarass ouvrit les yeux, on aurait dit que son regard jetait de la foudre. Il fit signe au squelette d'engager le combat, de porter le premier coup…

Le squelette regardait Tarass comme s'il avait eu des yeux d'aveugle. Il hésitait ! Il tanguait sur un pied puis sur l'autre. Tarass lui réitéra l'invitation.

Mais soudain…

— LERA-TRUM-XA !

Devant lui, le squelette se mit à vibrer comme s'il y avait eu un tremblement de terre pour ensuite s'écrouler en un amas de poussière.

Tarass se tourna vers Kayla, qui regardait avec curiosité son mandala.

— C'est la première fois que je le dessinais, celui-là ! PAS MAL ! PAS MAL !

Elle sourit ensuite à son ami.

À l'autre bout de la grande salle, le plancher commença à tourner au noir et à s'agiter. Le regard de Trixx devint tout à coup très sérieux… Cette situation lui rappelait son arrivée à Égyptios, alors qu'il tentait de l'oublier…

D'une voix faible, il souffla :

— Des scarabées ! Des milliers de scarabées !

Frisé fit un pas en avant.

— Non ! ce ne sont pas des scarabées.

Trixx crispa les yeux.

— Ce sont des scorpions ! constata-t-il. Des scorpions ! J'aurais préféré des scarabées…

La masse se déplaçait lentement. Elle changea brusquement de direction et se rua droit sur eux. Comme il n'y avait aucun endroit pour se mettre à l'abri, Tarass n'eut d'autre choix que de foncer sur eux en brandissant son bouclier pour atteindre l'autre sortie.

Ses bottes écrasèrent plusieurs scorpions tandis que d'autres s'écartaient de son chemin pour ne pas se faire réduire en miettes. Derrière lui, Trixx, Kayla et les autres profitèrent du couloir temporairement dégagé par Tarass pour le rejoindre.

Un scorpion parvint cependant à transpercer la botte de Trixx, qui poussa un cri de douleur.

— AÏÏÏE !

Le scorpion était à cheval sur le bout de sa botte droite et l'avait piqué. Ses jambes fléchirent instantanément, ses énergies commencèrent à le quitter.

Avec l'aide de deux soldats, il réussit à se rendre de l'autre côté d'une porte, que Kayla referma aussitôt.

Trixx sentait que ses paupières devenaient de plus en plus lourdes.

— Enlevez-moi cette horreur que j'ai sur le pied, demanda-t-il juste avant de s'évanouir.

Le bouclier de son ami traça un grand cercle et trancha le scorpion en deux.

— BLEU ! BLEU ! Réponds-moi…

Kayla fouilla nerveusement dans son sac.

— Crois-tu pouvoir faire quelque chose ? demanda Tarass. Le crois-tu ?

Kayla marmonna tout d'abord et s'écria ensuite :

— J'AI TROUVÉ !

Elle sortit de son sac une petite fiole pleine d'un liquide d'un vert olivâtre qui semblait très bizarre. Tarass était bien content de ne pas avoir à y goûter.

Il grimaçait devant elle.

— Je sais que ça n'a pas l'air bon, mais c'est très efficace contre tous les types de piqûres, particulièrement celles d'abeilles mortelles de la forêt de Fagôre.

— Penses-tu que ton liquide est bon contre celles des scorpions ?

— C'est maintenant que nous allons le savoir !

Elle souleva la tête de son ami et versa

quelques gouttes du liquide verdâtre dans sa bouche entrouverte.

Quelques minutes plus tard, les yeux de Trixx s'ouvrirent. On aurait dit qu'il venait d'être frappé par la foudre…

— C'était quoi, ça ? demanda-t-il une fois sorti de sa torpeur.

— Un scorpion, lui répondit Tarass.

— Non, pas ça ! Je parle de ce que j'ai avalé.

— Un antipoison très puissant, lui dit Kayla.

Trixx s'assit et posa les deux mains sur le plancher derrière lui.

— POUAH ! la prochaine fois que ça m'arrive, tu me laisses crever, s'il te plaît. Je ne veux plus jamais avoir à goûter cet horrible liquide, est-ce clair ?

Son ami avait bel et bien recouvré tous ses sens… TOUS !

Tarass se leva et retourna vers le long corridor. Adossées aux deux murs, deux longues rangées de sarcophages les attendaient…

— Crois-tu qu'il y a des momies à l'intérieur ? lui demanda Kayla.

Tarass examinait les sarcophages.

— Je ne sais pas ! Enfin, j'espère que non, finit-il par répondre à son amie.

Il demanda à un soldat d'un signe de la tête de lui remettre son épée. Tarass porta son bouclier devant lui et ouvrit avec la pointe de l'épée le premier sarcophage à sa droite.

Il était vide…

Il en ouvrit un deuxième à sa gauche… VIDE AUSSI !

Un troisième, et un quatrième ! Ils semblaient tous inoccupés.

Kayla respirait mieux.

— Je crois que ces sarcophages appartenaient à nos amis de tout à l'heure ! s'exclama Trixx.

Tarass était du même avis.

En marchant entre les deux rangées de sarcophages, un soldat qui suivait à l'arrière fronça les sourcils. Il venait d'entendre un frottement; quelqu'un ou quelque chose marchait derrière eux, il en était certain…

Il posa une main sur l'épaule du soldat qui marchait devant lui. Celui-ci répéta le même geste, et le signal se rendit enfin jusqu'à Tarass, qui se retourna.

Le soldat, tout en demeurant silencieux, pointa en arrière de lui. Tarass leur murmura sa stratégie pour qu'ils ne soient pas repérés et leur montra les sarcophages. Rapidement, ils allèrent tous se cacher dans les cercueils.

Un long moment s'écoula avant que Tarass perçoive des pas devant son sarcophage. Il attendit le moment propice puis donna le signal…

— ALLEZ-Y !

Trixx et deux soldats bondirent hors des sarcophages. C'était la momie de Semethep ! Ils la poussèrent de toutes leurs forces en direction de Tarass, qui maintenait le couvercle de son sarcophage ouvert. Grâce à leurs efforts conjugués, ils parvinrent à pousser la momie à l'intérieur. Tarass referma le couvercle; la stratégie avait très bien fonctionné.

Ils s'appuyèrent tous les quatre sur le sarcophage afin de maintenir le couvercle fermé et ressentirent une avalanche de coups provenant de la momie de Semethep II, qui venait bêtement de se faire piéger.

— Il faut sceller le sarcophage maintenant, dit Tarass. Kayla ! as-tu, parmi tes…

Tarass n'eut pas le temps de terminer sa phrase qu'elle lui confirma avoir ce qu'il fallait.

Elle dessina un petit mandala sur un bout de parchemin, puis elle le colla avec de la résine sur le sarcophage. Elle prononça une de ses fameuses phrases magiques, et l'affaire était réglée. Semethep II ne pouvait plus s'échapper.

— Nous nous chargerons plus tard de le ramener dans sa pyramide pour qu'il puisse se rendre enfin dans l'au-delà…

— Où penses-tu qu'il essayait de se rendre ? lui demanda Trixx.

— Probablement sur les lieux où il allait accomplir la prophétie des hiéroglyphes : tuer Himotiss, lui dit Tarass.

Frisé et les trois soldats se firent l'accolade. Ils étaient fiers d'avoir rempli la première partie de leur mission. Il ne leur restait plus maintenant qu'à délivrer leur pharaon.

Tarass se tourna vers les profondeurs du corridor. Il savait que Krall n'était pas très loin. Il passa le doigt sur la pointe effilée de son bouclier et se mit à marcher d'un pas décidé entre les sarcophages.

À l'arrière du groupe, les flambeaux commençaient graduellement à s'éteindre. Tous sentaient que les ténèbres étaient en train de se refermer sur eux. Krall avait indéniablement été informé de leur présence dans la pyramide des Maures…

Le silence oppressant faisait augmenter le

rythme cardiaque de Kayla. Elle tenait dans ses mains plusieurs parchemins vierges au cas où elle aurait à intervenir.

Le corridor semblait interminable, et Tarass commença à se douter de quelque chose. Il traça sur une dalle du sol un grand X avec son bouclier et se remit à marcher. Le corridor s'étendait à perte de vue. Tarass s'arrêta net et fixa curieusement le sol.

— Nous tournons en rond ! s'écria-t-il.

Trixx étira la tête et remarqua le X que son ami avait tracé sur la dalle quelques instants plus tôt.

— MAIS C'EST IMPOSSIBLE !

Tous les autres se regardèrent, stupéfaits.

— As-tu vu une porte quelque part, toi ? demanda Trixx à Kayla.

Kayla réfléchit.

— Il n'y a aucune sortie ! constata-t-elle. Et puis, dites-moi, par où sommes-nous entrés ? Nous avons perdu l'entrée !

Trixx leva les épaules. Personne ne comprenait.

— Ne bougez pas d'ici, je reviens ! leur ordonna Tarass. Demeurez tous ensemble près du X.

Tarass courut dans le corridor. Il retrouva rapidement le X, mais Kayla, Trixx et les autres… N'ÉTAIENT PAS LÀ ! Il fronça les sourcils et tourna les talons pour revenir sur ses pas et rejoindre le groupe.

— Avez-vous changé de place ? demanda-t-il à Kayla.

Elle était étonnée par sa question.

— Non ! nous avons fait comme tu nous l'as demandé.

Tarass baissa les épaules.

— Eh bien ! j'ai fait le tour, je suis parvenu au X et…

— Et quoi ?

Il regarda de l'autre côté du couloir.

— Vous n'étiez pas là !

— Quoi ? fit Kayla, ahurie.

— Je ne pense pas avoir bien compris, lança Trixx. NOUS N'ÉTIONS PAS LÀ ?

— Exactement !

— Sommes-nous condamnés à tourner en rond dans cet endroit lugubre pour l'éternité ? demanda alors Trixx.

— Premièrement, notre espérance de vie n'est pas aussi longue, lui dit Kayla. Deuxièmement, lorsqu'il y a un problème, il y a forcément une solution.

Tarass se retourna vers elle.

— Étant donné que je ne sais pas quelle est la bonne direction à prendre, il va falloir se séparer en deux groupes et emprunter chacun une direction différente; c'est la seule solution qui s'offre à nous. Un groupe atteindra donc une extrémité tandis que l'autre reviendra sur ses pas.

Tarass, Kayla et Trixx partirent d'un côté, tandis que Frisé et les trois soldats se mirent à marcher de l'autre. À peine avaient-ils fait quelques pas que les amis du premier groupe virent apparaître sous leurs yeux deux grandes portes…

Trixx asséna un solide coup de pied sur les portes, qui s'ouvrirent avec fracas.

BRAAAAAMM !

De l'autre côté de l'entrée, ils furent éblouis par une colonne de lumière qui émanait d'un puits très haut au sommet d'une voûte. La lumière frappait le centre de la salle dans laquelle se trouvait Himotiss, qui tremblait de peur. Il était à genoux, enchaîné sur un autel surélevé. Ce type d'autel, vieux de plusieurs milliers d'années, avait autrefois été construit à des fins sacrificielles. Celui-ci était toutefois particulier : il avait été édifié spécifiquement pour ce moment. UN SEUL sacrifice serait donc accompli sur cet autel et c'était celui du pharaon.

— Si nous avons trouvé Krall, les autres

ont donc trouvé la sortie, pensa soudain Kayla.

Krall était là, immobile dans l'ombre. Tarass donna un petit coup d'épaule à Trixx… Il s'agissait bien de lui. Il avait revêtu une soutane rouge et une cagoule.

Kayla plaça ses deux mains derrière son dos.

Six ograkks étaient postés aux côtés de Krall. Ils balançaient leurs énormes massues pourvues de pics mortels au-dessus de leur tête. Ils attendaient le signal de leur maître…

Ces monstres-gorilles poilus munis de quatre bras, redoutables et sanguinaires, étaient, avant que Khan les transforme, des humains eux aussi. La mauvaise magie de Khan, en plus de les avoir complètement changés physiquement, les avait dépourvus de tous leurs souvenirs humains. Ce faisant, ils n'avaient plus aucune pitié pour les membres de la race humaine.

— OÙ EST SEMETHEP ? demanda Krall d'une voix caverneuse qui résonnait sur les murs.

Tarass s'avança d'un pas et lui lança de façon arrogante :

— Nous ne sommes pas ici pour discuter avec un moins que rien, un simple sous-fifre de Khan. Nous sommes ici au nom de la reine d'Égyptios, Nifarii, pour délivrer le pharaon Himotiss.

Les ograkks s'agitèrent aux côtés de Krall.

— Patience ! Patience ! leur chuchota-t-il.

La tête baissée, Krall marcha vers un grand fauteuil en pierre couvert d'arabesques et orné d'une chimère aux ailes ouvertes.

— Avant, je dois dire que je vous trouvais plutôt divertissants et que vos prouesses m'amusaient. Maintenant, vous m'exaspérez au plus haut point.

Tarass porta son bouclier devant lui.

Krall leva la tête vers Trixx.

— ÉCRASEZ-MOI CES INSECTES NUISIBLES ! ordonna-t-il aux ograkks. RÉDUISEZ-LES EN PIÈCES ! JE VEUX LES VOIR SOUFFRIR ! ET SURTOUT, NE MANQUEZ PAS CELUI-LÀ ! dit-il en pointa Tarass.

Les six monstres foncèrent vers Tarass, Trixx et Kayla en hurlant comme des loups affamés qui s'attaquent à une proie.

Tarass voyait les ograkks s'approcher, le regard farouche. Ils étaient six contre trois; à première vue, Trixx, Kayla et lui ne faisaient pas le poids et il le savait. Mais il savait aussi que la fuite n'était pas une option. Il lui fallait combattre Krall s'il espérait un jour contrer Khan. Le moment était venu de prouver qu'il était à la hauteur de sa mission.

La massue d'un ograkk arriva en direction de Tarass. Il se pencha aussitôt, et les pics de l'arme allèrent se planter dans l'armure d'un autre ograkk. Celui-ci poussa un retentissant cri de douleur avant d'aller prendre à la gorge le coupable.

Une bagarre éclata entre les deux créatures. Trixx décida de profiter de leur stupidité pour courir dans la grande salle en direction du pharaon. Tarass, qui se protégeait des assauts d'un autre ograkk, vit son ami du coin de l'œil.

— QU'EST-CE QUE TU FAIS, BLEU ? TU NE VAS PAS T'ENFUIR !

— OUI ! MAIS JE NE SERAI PAS SEUL !

Trixx sauta sur l'autel et frappa à grands coups d'épée la chaîne qui retenait Himotiss prisonnier.

Un coup ! Deux coups ! TROIS COUPS ! C'était inutile, elle était beaucoup trop solide.

Deux ograkks avançaient lentement et avec précaution vers Kayla. De toute évidence, Krall avait dû les prévenir des pouvoirs de la jeune magicienne aux mandalas.

Elle reculait innocemment, les deux mains cachées derrière son dos. Lorsqu'elle eut atteint le mur de pierre, elle dit :

— Hé ! les deux gros… J'ai des petits cadeaux pour vous… DEUX MANDALAS DE DÉGONFLEMENT !

Les deux ograkks se regardèrent puis, dans une grimace épouvantée, jetèrent des regards affolés vers Krall, qui suivait la scène.

Adroite, Kayla fit une pirouette sur le mur, pivota et roula sur le sol pour finalement coller les mandalas sur le plastron de leur armure. Les deux ograkks se regardèrent le torse et tentèrent de les enlever. Mais Kayla, très rusée, les avait collés à l'endroit précis qui était hors de portée des quatre mains de ces monstres. QUELLE IRONIE ! Quatre mains, au bout de quatre bras trop courts…

Kayla se releva et chuchota, d'un air très coquin, un seul mot magique :

— BALIBA !

Les deux ograkks s'écroulèrent sur le sol, comme des sacs vides. Les mandalas de dégonflement avaient fait disparaître d'un seul coup tous les os de leur corps. Ils gisaient sur le sol, inertes et flasques…

Autour de l'autel, un ograkk pourchassait Trixx.

La bagarre ne se déroulait pas du tout comme l'avait prévu Krall. Il se leva promptement de son fauteuil et fonça vers Kayla. Dans ses mains, il tenait quelques branches d'arbres.

C'était très louche ! Kayla se demanda ce que tramait ce traître. Les branches qu'il tenait n'étaient sûrement pas de simples branches arrachées à un arbre ordinaire.

Lorsqu'il fut près d'elle, Krall murmura quelques mots, et les branches se mirent à bouger puis à se tortiller dans ses mains. Kayla recula et sortit vite de son sac un autre parchemin, sur lequel était dessiné un mandala d'implosion. Celui qui était touché par ce sortilège fatal implosait sans causer de dégât autour de lui…

Dans les mains de Krall, les branches continuaient à se tortiller et à se transformer. Une bouche se formait sur chacune d'elles. Kayla devina alors que les branches étaient en train de se transformer en de répugnants serpents… EN COBRAS !

Elle eut soudain une idée ! Elle se mit à courir, bondit sur le fauteuil de Krall et alla se réfugier derrière le gros meuble.

La transformation des branches venait tout juste de se compléter. Krall se pencha et déposa dix cobras sur le plancher. Les serpents semblaient être attirés par Kayla et, comme des aimants, ils se dirigèrent vers elle rapidement.

Tarass, qui combattait maintenant trois ograkks, vit les cobras sur le sol. Il essaya d'aller au secours de Kayla, mais chaque fois qu'il tentait de se diriger vers elle, un des trois ograkks lui barrait la route en balançant sa massue mortelle devant lui.

La colère monta en lui et son visage devint rouge comme le soleil couchant. Il poussa un hurlement assourdissant et planta la lame de son bouclier dans le plancher. Une large crevasse d'un mètre s'ouvrit devant lui et s'agrandit dans la direction des ograkks. De la crevasse s'échappait une fumée verdâtre qui laissait supposer la présence de lave bouillante.

Effrayés, les ograkks reculèrent et tentèrent de s'enfuir. Mais comme par magie, la crevasse les pourchassa dans les moindres recoins de la salle et finit par les cerner. Le trou dans le plancher s'agrandit lentement puis atteignit les murs. Les trois ograkks observaient, impuissants, le sol qui disparaissait sous leurs pieds. Ils tombèrent et furent engloutis dans de gros bouillons de lave. Tarass regarda, éberlué, son bouclier magique…

Dans la grande salle, la longue et sinueuse crevasse avait cependant affaibli le plancher et à travers de multiples trous émanaient d'autres jets de fumée. Des sillons de lave incandescente apparaissaient entre les dalles qui commençaient à flotter sur des coulées de lave telles les barques de pêcheurs sur une mer agitée.

Debout sur une dalle isolée, le dernier ograkk tentait de garder l'équilibre. La dalle tanguait de plus en plus et commençait à s'enfoncer dans les abîmes de la lave. Trixx lui envoya la main comme le font les gens lorsqu'ils se quittent pour un long voyage…

La fumée effraya les cobras qui s'enfuirent par la grande porte. Dans la salle, il ne restait plus que Himotiss, Tarass, Kayla, Trixx… ET KRALL !

Kayla, cachée derrière le fauteuil, sortit la tête. Krall était devant elle. Il l'attrapa par le col et la catapulta loin devant lui, comme une vulgaire poupée de chiffon. Elle frappa le sol lourdement, et son sac s'ouvrit en répandant tout son matériel.

Trixx aperçut un parchemin sur lequel était dessiné un mandala. Il le saisit, lança un clin d'œil à Kayla, puis fonça vers Krall. À peine eut-il fait trois mètres que sa tête percuta violemment un mur transparent qui le jeta par terre.

Krall rit. Il y avait de la fumée partout autour de lui. Il s'assit ensuite dans le fauteuil malgré les éléments qui se déchaînaient.

— Tu n'es qu'un sot, Trixx ! lui lança-t-il, confortablement assis. Penser que tu puisses être capable de coller ce mandala sur moi montre à quel point tu es stupide. Bientôt, cette lave vous engloutira tous. Il est possible qu'en fin de compte, le pharaon ne soit pas tué par un autre pharaon, comme le prédisait la prophétie. Mais ce n'est pas bien grave, le résultat sera le même : il n'y aura plus de pharaon qui régnera sur Égyptios, et Khonte Khan pourra conquérir cette contrée à sa guise.

Krall tira un levier. Un grondement se fit alors entendre. Du sable commença à s'écouler de la voûte, et une trappe s'ouvrit au-dessus de sa tête. Krall tira un autre levier, et le fauteuil s'éleva lentement.

La présence de la lave se faisait de plus en plus sentir ; de grandes flaques rouges couvraient le plancher. Tarass sauta sur l'autel et coupa d'un seul coup, avec son bouclier, la chaîne qui retenait Himotiss.

Kayla se leva et rejoignit Tarass qui, de l'autel, dévisageait Krall de manière haineuse.

Krall regardait l'ouverture de la voûte s'agrandir. Il baissa soudain la tête et aperçut Kayla en bas…

— TU NE PEUX PLUS RIEN, JEUNE MAGICIENNE DES MANDALAS ! lui hurla-t-il alors en s'élevant. VOUS AVEZ PERDU LA PARTIE ! VOUS ALLEZ PÉRIR !

Kayla porta ses mains de chaque côté de sa bouche pour projeter sa voix.

— TU N'ES QU'UNE SALE CRA-PULE, KRALL !

— PEUT-ÊTRE, MAIS JE SUIS UNE SALE CRAPULE QUI VA CONTINUER À VIVRE, CONTRAIREMENT À VOUS !

Il arborait un sourire perfide et machiavélique.

— REGARDE SUR TON FAUTEUIL, CHER ENNEMI ! lui cria soudain Kayla.

Le visage de Krall se crispa. Il se leva et remarqua sur le siège… LE MANDALA D'IMPLOSION !

Son visage devint tout blanc…

Kayla invoqua son plus terrible sortilège…

— KAERVA-HERTA-KOR !

D'un seul coup, tout l'air sortit des poumons de Krall, puis il implosa dans un bruit sourd et répugnant, semblable au son qu'une personne fait lorsqu'elle vomit.

Krall enfin éliminé, il fallait maintenant sortir très vite de cet endroit.

Pendant que Kayla ramassait son sac et ses accessoires, Tarass et Trixx aidèrent Himotiss à se relever. Des rivières de lave coulaient presque partout, de sorte qu'il était maintenant impossible d'accéder à la sortie.

La colonne portant le fauteuil de pierre s'élevait toujours vers la voûte, qui semblait être la seule voie possible pour s'échapper. Elle était toutefois beaucoup trop haute pour qu'ils puissent l'atteindre.

Soudain, alors que la situation semblait désespérée, un objet siffla et toucha le levier du fauteuil… UNE FLÈCHE !

— FRISÉ ! s'écria Tarass.

La colonne s'arrêta net puis se mit à redescendre. Lorsque le fauteuil arriva à leur hauteur, ils traversèrent les coulées de lave en sautant de dalle en dalle pour finalement l'atteindre.

Tarass tira le levier, et la colonne remonta. La fumée qui s'était répandue dans toute la salle les empêchait de respirer normalement. Lorsqu'ils traversèrent l'ouverture, là où l'amas de fumée était le plus dense, ils durent retenir leur souffle et fermer les yeux. Lorsqu'ils les rouvrirent, un ciel étoilé les accueillit, accompagné d'une vague d'applaudissements et de cris de joie…

À peine sortis, alors qu'ils tentaient de s'éloigner de la fumée avec l'aide de leurs nouveaux amis, ils entendirent un grondement terrifiant. Le sol vibrait et s'affaissait tranquillement. Il fallait s'écarter au plus vite. Ils s'élancèrent tous vers le campement, et des tonnes de sable s'accumulèrent à l'intérieur de la pyramide des Maures. L'antre du grand sacrifice de la mauvaise prophétie venait de disparaître à tout jamais.

Kikia sauta dans les bras de Kayla, et Kizouma fit l'accolade à Tarass et à Trixx. Sous les applaudissements de leurs soldats et de leurs serviteurs, Nifarii et Himotiss s'embrassèrent.

Le pharaon leva vers le ciel son poing en signe de victoire en tenant la main de sa reine. La foule criait sa joie…

Himotiss et Nifarii s'approchèrent de Tarass, Trixx et Kayla.

— Mon peuple vous doit beaucoup, leur dit Himotiss, sincère.

— Nous sommes les souverains d'Égyptios. Pour notre peuple, nous sommes des dieux vivants et vivant grâce à vous, leur dit Nifarii. Nous allons faire ce qu'aucun souverain d'Égyptios n'a fait auparavant. Puisque nous ne pouvons vous offrir une somptueuse demeure près du palais, nous allons vous aider dans votre quête. Nous allons vous accorder trois souhaits. Trois souhaits que nous ne pourrons vous refuser...

— Vous nous ferez part de vos souhaits demain au palais, lors d'une grande fête en votre honneur, ajouta Himotiss.

D'autres applaudissements résonnèrent dans la nuit...

Près d'un feu

Tarass et Trixx dégustaient des brochettes de canard qu'un serviteur faisait cuire sur le feu. Kizouma semblait hypnotisé par les flammes, et Kikia était songeuse. Elle traçait des cercles et des lignes avec son doigt… UN MANDALA !

Kayla posa ses mains sur ses épaules.

— Tu es triste !

Kikia respirait très fort.

— Qu'allons-nous devenir sans vous ?

Kayla sourit…

— Tu fais partie d'un peuple extraordinaire, Kikia ! lui répondit Kayla. Vous allez continuer à construire des temples majestueux et des monuments éternels, comme celui d'Abou-Simbel…

— Et faire d'appétissantes brochettes ! s'exclama Trixx, la bouche pleine.

— Tais-toi, idiot, lui lança Kayla…

— Oui, mais moi, je voulais devenir magicienne des mandalas, comme toi…

Kayla passa son bras autour des épaules de Kikia.

— Vous nous avez tant apporté ! leur avoua Kizouma. Demain, après la fête en votre honneur au palais, allez-vous vraiment nous quitter ?

Tarass fit oui de la tête…

— Et vous ne reviendrez plus jamais ?

Tarass demeura immobile…

La fête

Tous les dignitaires, tous les monarques qui gouvernaient les villes avoisinantes et tous les princes avaient été conviés à la fête au palais.

Tarass et Trixx portaient le pagne traditionnel et des sandales. Ils avaient le torse nu.

— C'est léger, n'est-ce pas ? dit Trixx en tirant sur les côtés de son pagne.

— TRÈS ! répondit Tarass.

— Tu crois que nous pourrions porter ce vêtement lors de notre périple ? Nous serions plus libres de nos mouvements et plus rapides.

— Peut-être, mais il ne procure aucune protection ! En plus, cela ne doit pas être très chaud la nuit ! rétorqua Tarass. Finalement, je ne crois pas que ce soit une bonne idée…

Trixx remarqua quelque chose sur le torse de son ami.

— Qu'est-ce que tu as, là ? On dirait des miettes de nourriture. Tu as mangé derrière mon dos ?

— C'est du poil, espèce de crétin !

— DU POIL ! Tu as du poil ! s'étonna Trixx. Pourquoi tu en as et moi pas ?

Trixx se toucha le torse.

— Tout simplement parce que je suis plus âgé que toi…

Kayla et Kikia arrivèrent près d'eux.

Elles portaient chacune une robe de cérémonie blanche, des bijoux étincelants, et leurs cheveux avaient été coiffés. Elles étaient magnifiques…

— Alors les gars, que pensez-vous de Kayla ? leur demanda Kikia. Pas mal, non ?

Ils étaient tous les deux éberlués.

— Une autre étoile vient d'apparaître dans le ciel d'Égyptios ! s'exclama Tarass sans retenue.

Trixx était beaucoup moins expressif et perdit le sens de la parole.

— DA !

Dans la grande salle, le pharaon et la reine arrivaient.

Himotiss I portait ses apparats de

circonstance : son némès et un pagne plissé tenu par une large ceinture à laquelle était accrochée une queue de taureau.

Nifarii, la reine, était d'une si grande beauté qu'il était très difficile pour les invités de ne pas la regarder, même lors du spectacle des danseurs qui avait lieu au banquet.

Kayla, comme promis, exécuta quelques tours de magie. Elle sollicita, parmi les invités, l'aide d'un volontaire. Mais, avant même que quelqu'un eût le temps de se proposer, elle tira le bras de son ami Trixx.

— Ah non ! je ne veux pas…

Un éclat de rire général se fit entendre.

— Pour mon premier tour, annonça-t-elle, je vais, avec ce mandala de laideur, changer la configuration faciale de mon ami, le très brave Trixx Birtoum. D'ICI QUELQUES SECONDES, IL DEVIENDRA TRÈS LAID !

Trixx tenta de s'éclipser, mais Kayla le cloua au plancher avec un mandala d'immobilité.

Tout le monde applaudit.

— Merci ! Maintenant que nous avons l'entière collaboration de notre volontaire, allons-y avec le mandala de laideur…

Trixx ferma les yeux.

Kayla prononça une parole magique, et le nez de Trixx se déplaça au milieu de son front, ses deux yeux prirent la place de ses oreilles, et sa bouche doubla de volume.

Kikia et Kizouma rirent aux éclats, et tous les invités applaudirent très fort. Trixx voulut sourire, mais ses deux oreilles, qui étaient maintenant sur le bout de sa langue, le faisaient terriblement souffrir.

— UN AUTRE ! UN AUTRE ! insista Tarass.

Kayla annula l'effet du sortilège et passa à un autre tour.

— Pour mon prochain tour, je vais effectuer, sous vos yeux, le sortilège du mandala des fleurs éternelles.

— Pitié ! soupira Trixx tout bas.

Kayla dit quelques mots magiques, et sur la tête de Trixx apparurent de belles fleurs roses, orange et jaunes… ET DES PAPILLONS !

La foule se leva spontanément pour saluer le talent de Kayla.

— Maintenant…

— QUOI ! CE N'EST PAS FINI ?

— J'invite toutes les dames à venir cueillir une fleur sur la tête de mon ami.

Trixx se tourna vers Kayla, le regard terrifié.

— NON ! tu ne vas pas me faire cela…

Plusieurs jeunes filles excitées se levèrent et se précipitèrent vers Trixx.

— Si j'étais à ta place, je me sauverais, lui conseilla fortement Kayla. J'ai annulé l'effet du mandala d'immobilité…

Trixx s'enfuit dans le palais, poursuivi par une meute frénétique de jeunes filles…

Puis vint pour le pharaon le moment d'accorder les trois souhaits.

La cérémonie se déroulait dans la salle du trône. Le pharaon et la reine s'étaient installés dans leur siège respectif. Tarass, Kayla et Trixx se tenaient debout devant eux. L'impressionnante procession d'invités arriva et se divisa en deux rangées placées de part et d'autre de la salle.

— Alors ! fit Himotiss d'une voix protocolaire. Quels sont vos souhaits ?

Tarass fit un pas vers l'avant.

— Pour nous rendre dans la partie nord-est du labyrinthe de Zoombira, nous aurons besoin de chameaux, de vivres et d'un guide…

— Ceci est ton souhait, Tarass ? lui demanda Nifarii.

— Oui ! Ô reine…

— ACCORDÉ ! dit Himotiss gracieusement.

— Et toi, Kayla, quel est ton souhait ? s'informa Nifarii.

— Je voudrais une dérogation à une de vos plus anciennes coutumes, demanda Kayla, le visage sérieux. Je souhaite que les serviteurs n'accompagnent plus les pharaons défunts afin de les servir dans l'au-delà… Je voudrais que cette tradition millénaire cesse.

Kikia regardait Kayla. Elle se tourna vers le pharaon, qui discutait tout bas avec Nifarii.

Himotiss regarda ensuite longuement Kayla.

Nifarii donna un coup de coude très discret à Himotiss, qui finit par répondre :

— ACCORDÉ !

Kikia tapa dans ses mains comme une enfant…

— Et toi, Trixx, quel est ton souhait ? demanda le pharaon.

Trixx se gratta le menton et leva les yeux vers le plafond…

— Je pourrais bien vous demander de me couvrir d'or, de me donner des vêtements somptueux, une demeure digne d'un prince, mais cela ne serait pas très pratique puisque nous devons partir vers une autre contrée pour combattre Khan, réfléchit Trixx à voix haute. Alors, ô grand pharaon, il n'y a qu'une seule chose qui me ferait vraiment plaisir…

— Et qu'est-ce que c'est, Trixx ? voulut savoir Nifarii.

La foule commençait également à s'impatienter.

— Je veux que Kayla utilise le mandala de laideur sur mon supposé ami Tarass ainsi que sur elle-même ! Je veux les voir tous les deux AVEC UN GROS ORTEIL AU MILIEU DU FRONT !

Autour, tous éclatèrent de rire.

Le pharaon se tourna vers Kayla et Tarass…

— ACCORDÉ !

Le départ

Dans la cour royale du palais, les préparatifs du départ de Tarass, Kayla et Trixx allaient bon train. Tous leurs amis de la contrée d'Égyptios, Himotiss, Nifarii, Kikia, Kizouma et sa famille, Frisé ainsi que quelques soldats, étaient là pour leur dire au revoir et leur souhaiter bonne chance dans leur quête.

Himotiss et Frisé s'approchèrent de Tarass.

— J'ai vu le collier que tu portes autour de ton cou, Tarass, lui dit le pharaon. Il contient deux sifflets de Rhakasa. Moi, je vais t'en offrir un troisième…

Himotiss remit le sifflet dans la main de Tarass et referma ses doigts doucement.

— Comme les deux autres, lorsque tu seras parvenu à Drakmor, ta destination finale, tu n'auras qu'à l'utiliser, et la musique traversera les contrées pour se rendre jusqu'à nous. Ce jour-là, je déléguerai toute mon armée d'archers pour venir t'aider dans ton ultime bataille contre Khan...

Frisé posa sa main sur l'épaule de Tarass.

— Mon ami, j'aiguiserai mes flèches en attendant ce grand jour, lui jura Frisé.

Tarass prit Frisé par les épaules et le salua respectueusement. Il se tourna vers Himotiss.

— Merci, ô pharaon...

Trixx était subjugué par la beauté de Nifarii, qui lui portait une attention bien spéciale.

— Tu sais, Trixx, lui dit la reine, nous avons bien rigolé avec ton souhait hier.

Nifarii en riait encore.

— Je suis content que cela vous ait plu, ma reine, lui répondit Trixx.

Il s'approcha de son oreille...

— Mais c'était surtout pour me venger de mes amis que je l'ai fait.

Nifarii souriait toujours.

— Mais comme je sais que ce n'était pas vraiment un souhait, j'ai décidé de t'offrir un petit présent ou, devrais-je plutôt dire, de te rendre hommage. Nous érigerons, dans la grande cour royale, une colonne qui relatera tous les faits de ton passage à Égyptios pour que les générations futures ne t'oublient jamais...

Trixx ne sut que dire devant un tel honneur.

Kayla demeurait en retrait avec Kikia.

— Maintenant que tu es libre, lui dit Kayla, il va falloir que tu t'occupes.

Elle sortit de son sac un petit livre.

— J'ai demandé à trois scribes de te faire une copie de mon livre de sortilèges.

Kikia tremblait. Elle prit le précieux livre et le serra contre sa poitrine.

— Ils ont passé toute la nuit là-dessus. Je tenais absolument à ce qu'il soit prêt avant le lever du soleil.

Kikia resta muette tant l'émotion était forte.

— Sur la couverture en cuir, ils ont gravé deux fois la lettre *K*, pour Kikia et Kayla...

Kikia embrassa Kayla sur la joue.

— Merci ! Merci beaucoup...

— Si jamais un garçon te lance des jurons, lui dit Kayla, utilise un mandala de laideur...

Les chameaux étaient enfin prêts. Tarass, Kayla et Trixx embarquèrent sur le dos des bêtes et quittèrent le palais, accompagnés de leur guide. Kizouma et sa famille leur envoyèrent la main.

Le guide prit la tête de la petite caravane. Derrière, au loin, Trixx aperçut pour la dernière fois la pointe des pyramides. Il se retourna et rejoignit les autres.

Après plusieurs jours dans le désert, le guide les laissa devant l'entrée du labyrinthe. Telle était la volonté du pharaon. Il repartit avec les chameaux, qui seraient à présent inutiles à Tarass et à ses deux amis.

Le labyrinthe les conduisit au nord-est, où ils finirent par arriver à une intersection située au sommet d'une montagne. Chacune des trois routes débouchait sur une contrée.

Tarass aperçut, au loin à gauche, des pagodes et un château à la toiture recourbée. Un grand volcan au sommet tout blanc de neige s'élevait très haut dans le ciel…

La route au centre laissait entrevoir, à l'horizon, une grande ville et un palais somptueux tout de marbre…

À droite, de très grandes constructions brillantes perçaient presque les nuages. Plusieurs d'entre elles semblaient s'être écroulées…

À TOI DE CHOISIR LA SUITE DE L'AVENTURE ENTRE CES TROIS ROMANS ...

Le katana de jade **3**

Les gladiateurs de Romia **5**

L'ère des ténèbres **6**

La destinée des héros de cette aventure est entre tes mains. C'est toi maintenant qui as l'honneur de choisir dans quelle contrée diriger Tarass, Kayla et Trixx…

Choisis entre les romans n°s 3, 5 et 6. Ou choisis les trois, pour connaître toutes les péripéties de la grande épopée de Zoombira...

Lexique

Amess : riche marchand, père du policier Kizouma.

Atoll de Zoombira : grande masse de terre formée par tous les continents regroupés.

Amphore : vase ou contenant à deux anses.

Bas-relief : ouvrage de sculpture sur colonne ou sur un mur.

Bleu : surnom de Trixx Birtoum, ami de Tarass Krikom.

Bouclier de Magalu : arme puissante possédant des propriétés magiques.

Bras de justice : long bâton recouvert de feuilles d'or et orné d'une main ouverte à l'une de ses extrémités. Le policier porteur de cette icône de la justice pouvait appliquer les lois du pharaon.

Drakmor : contrée de Khonte Khan.

Graboulie : jeu de capture du fanion de l'ennemi. Il se joue à deux équipes, généralement une de garçons et une de filles. Le but du jeu est de dénicher les joueurs adverses cachés dans la forêt et de les éliminer en les atteignant avec une cerise.

Himotiss I : dernier pharaon à régner sur la contrée d'Égyptios selon la mauvaise prophétie.

Imia : mère de Kizouma le policier.

Impure magie : procédés occultes utilisés pour faire le mal, la destruction et la mort.

Issa : sœur de Kizouma.

Kayla Xiim : amie de Tarass Krikom et de Trixx Birtoum, apprentie de Marabus et magicienne des mandalas.

Kikia : servante du pharaon Semethep II. Lors du décès de ce dernier, elle fut enfermée dans la pyramide afin de servir le souverain dans l'au-delà.

Kizouma : premier policier du grand vizir et porteur du bras de justice.

Krall : ancien administrateur de Moritia, ville de la contrée de Lagomias et traître à la solde de Khonte Khan.

Lagomias : grande contrée de l'atoll de Zoombira et contrée de Tarass Krikom.

Maître suprême : ambition et objectif de Khonte Khan.

Mandalas magiques : dessins géométriques et symboliques de l'univers par lesquels s'expriment les pouvoirs magiques de Kayla Xiim.

Mandala de transparence : dessin magique qui peut rendre un objet solide limpide comme de l'eau.

Mandala de barrage : dessin magique créant un obstacle de protection ou un mur transparent.

Mandala de dégonflement : sortilège qui fait disparaître tous les os.

Marabus : grand mage, tante de Kayla Xiim.

Momie : cadavre séché puis embaumé de lin et de sciures de bois.

Moritia : ville natale de Tarass dans la contrée de Lagomias.

Natron : sel minéral servant à enlever l'eau dans la chair du défunt. Deuxième étape du processus de la momification.

Némès : coiffe en étoffe composée de bandes bleues et or que portaient les pharaons.

Nifarii : grande reine de la contrée d'Égyptios.

Ograkks : soldats guerriers des armées de Khonte Khan.

Ongle de Kraminu : ongle empoisonné de sorcier qui peut paralyser une personne à tout jamais.

Oumia : sœur de Kizouma.

Pierre de chimère : œil de Marabus sur le torse de Tarass Krikom.

Pierre de lune : caillou magique ayant la propriété d'être lumineux.

Ravageur : nom donné à Tarass Krikom dans les anciens textes noirs de Drakmor. Avec son bouclier magique, il sèmera le chaos dans le chaos.